Christel Bethke
Zwischen Herd und Schreibmaschine

AF286297

FSC
www.fsc.org

MIX

Papier aus ver-
antwortungsvollen
Quellen
Paper from
responsible sources

FSC® C105338

Christel Bethke

Zwischen
Herd und Schreibmaschine

Tages- und andere Notizen

Bibliografische Information der Deutschen Nationalbibliothek
Die Deutsche Nationalbibliothek verzeichnet diese Publikation in
der Deutschen Nationalbibliografie; detaillierte bibliografische Daten
sind im Internet über http://dnb.d-nb.de abrufbar.

2., überarbeitete Neuauflage 2023
1. Auflage 2023

Alle Rechte bei der Autorin.
Vervielfältigung von Text und Bildern,
auch auszugsweise, sind nur mit Genehmigung
der Autorin gestattet.

© 2023, Christel Bethke

Umschlaggestaltung: Roland Poferl Print-Design, Köln
Layout: Verlagsservice Monika Rohde, Leipzig
Produktion: VMR, Leipzig
Herstellung und Verlag: BoD – Books on Demand,
Norderstedt

ISBN 9783757824556

Vorwort

Vielleicht sollte das letzte Buch mit Gedankensplittern einen Titel haben, der beides unter einen Hut bringt: Küche und Schreiben, Herd und Schreibmaschine. Beide sind kaum drei Schritte voneinander entfernt, und ich pendle – wenn's läuft – zwischen beiden hin und her.

Ich koche jetzt anders, sorgfältiger, bewusster. Alles mehr genießend mit den Augen. Die Nase riecht schon manchmal wieder, und still muss es sein, ohne Radio und so.

Ich finde, die Zeit ist im Umbruch und wir haben es irgendwann verschlafen. Es müssen auch neue Bücher geschrieben werden.

Christel Bethke

Telefon

Nein, nicht der Sohn
Auch ist es nicht die Tochter,
Auch der Enkel nicht,
Der zu mir spricht:
„Mein Mann sitzt und genießt ihren Kuchen,
Meint, es scheint ihr besser zu gehen,
Sie bäckt wieder."

Jawohl, sie bäckt wieder, Aprikosenkuchen.
Den Ganzen umverteilt.
Das ist das Schöne an einem großen Haus.
Man kann verteilen.

5. September 2021

Himmelfahrt

Heute zum See, früh. Es sind fast nur Hundebesitzer mit ihren Vierbeinern unterwegs und Läufer. In der Ferne taucht eine mir bekannte Silhouette auf. Aber Hand in Hand heute! Das gibt's doch nicht! Haben sie wirklich etwas in Deutschland gelernt?

Sonst ging es so vor sich: Er, ein paar Schritte vor ihr, Türkenturban auf, Mantel leger, aber über die Schultern gehängt, in der einen Hand den Rosenkranz perlenweise durch die Finger ziehend. Sie, im Abstand hinterher. Im Sommer, wenn Betrieb am See abends ist, sucht sie im Graben nach leeren Flaschen und Dosen. Er steht wachsam am Grabenrand und wartet. Und heute nichts davon, sie halten sich an der Hand. Zu schön, denke ich, wenn sich alte Leute an der Hand halten.

Als wir auf gleicher Höhe sind, zugenickt haben wir uns schon immer, heute bleibt sie stehen und zwingt ihn durch das Handhalten ebenfalls dazu. Was ich mit den Brennnesseln mache, die sie in meinem Korb entdeckt hat. Suppe. Suppe? Was da reinkommt, will sie wissen. Tomate, Knoblauch, rote Linsen, und da passt alles rein, sage ich. Er aber ist unserem Gespräch nicht wohlgesonnen und zieht sie weg. Aber im Umdrehen sehe ich, wie sie sich über die Hände streicht und mir klar machen wollte, man kann sie auch äußerlich anwenden. Glaube ich sofort und freue mich, als ich im Weitergehen zu dem Schluss komme, wie einfach doch

Völkerverständigung sein kann, wenn man die Frauen nur ließe, nicht wahr?

Ob dies mein letzter Sommer ist? So viele hinter mir! Immer wieder neu und immer wieder schön und immer wieder will das Jahr „seine Kirschen machen".

Steck deine Nase in die Schlehenblüten, hol den Flieder über den Zaun zu dir heran und versuche, ob du nicht schon wieder riechen kannst!

Schau in den Himmel, über den die Wolken ziehen, pflücke mehr von den Brennnesseln und gib Michelle davon welche in dem schönen blauen Porzellansieb als Geschenk.

Lass das Suchen nach einer Lösung für ein Problem, das vielleicht nicht zu lösen ist.

Versuche das umzusetzen, was heute mit Lebensqualität gemeint ist.

Sei aufmerksam, freundlich gegen jedermann.
Wie eh und je stehen die Bäume voller Laub
Schützen dich vor heißer Sonne
Und halten dich trocken bei Regen

Die Welt ist so jung und schön und frisch in ihren Frühlingsfarben, und ich noch immer da! Wunderbar, ist das nicht ein Wunder?

Samstag nach Himmelfahrt 2021

Unter den Blinden ist der Einäugige König, sagt ein Sprichwort, das nicht passender für mich sein könnte. Ich, der König, Pflegestufe 2, geht für Pflegestufe 3 und 5 einkaufen, mit dem Rollator.

Es ist Samstag nach Himmelfahrt. Der Besuch ist wieder fort, der neben gewünschter Hilfe auch Stress und viel Unruhe mit sich brachte. Klagen auf beiden Seiten. Aus Gesprächen weiß ich das und auch, was fehlte. Brauchen Sie noch was? „Was wir nicht haben, wird auch nicht gegessen", sagt philosophisch Pflegestufe 3, aber ich sehe, der schwarze Beutel hängt schon im Flur, fertig für Montag mit Einkaufszettel und Geldsack ausgestattet. Ich bin mehr für heute, denn weiß man, wie Montag das Wetter sein wird? Also, auf, auf, Kameraden, aufs Pferd, aufs Pferd und los geht's. Herrlicher Einkauf und der Engel bringt nicht nur das Gewünschte, wie eine Zeichnung von Picasso heißt, sondern auch noch eine Überraschung. Schwarze Herrenschokolade „aß mein Mann schon immer gern". Also alles gelungen.

Möhrenkuchen

Wenn das so weitergeht, gibt das noch solch einen dicken Schinken wie den *langen Weg*. Ich habe das Gefühl, als ob das so sein sollte, und die eigentliche Befreiung, wenn ich das mal so nennen kann, beginnt hier. Dass ich nicht mehr so beweglich werde, wie ich mal war, ist mir klar und habe ich auch akzeptiert. Wichtiger ist mein Kopf, in dem es klarer, heller wird. Nicht mehr so oft Heimsuchungen der finstersten Art.

Backe wieder wie eine Weltmeisterin. Jetzt, da kein Mehl da ist, gibt es heute mit dem Rest einen Möhrenkuchen:

100 g Butter
80 g Zucker
110 g Mehl
3 Eier
Vanillezucker
125 g Möhren geraspelt
2 TL Backpulver

Luise, mein Türkenmensch, der mich durch Fliegenpilz rettete in meiner schwarzen Nacht, hat Besuch von der Schwester, die mir eine Flasche Rosenwasser von den berühmten Feldern in der Türkei mitgebracht hat. Und damit rühre ich den Guss an, der künstlerisch auf dem Kuchen verteilt wird.

Gleich werde ich ihn probieren und verteilen. Bin gespannt.

Als ich die Nachbarin von oben als Außenministerin unterstützte, ahnte ich wohl schon, dass ich von ihr lernen kann. 13 Jahre war sie nicht draußen, und kein Mensch unterstützte sie sonst. Dagegen bin ich privilegiert.

17. August 2021

Heute kann ich nicht leben
Und auch nicht sterben
Oder bin ich schon gestorben?
Unglaublich schwierig.

Um Himmelswillen

lasst die Hormone aus den Pillen,
ich muss keine Kinder mehr stillen,
auch Bäume reiß‘ ich keine mehr aus.
„… es kann zu Brustvergrößerungen kommen,
auch das Gewicht nimmt zu,
auch kann es vermehrt
zu unanständigen Gedanken kommen …“
Na, wer sagt’s denn.
Was wir Alten als Vitalität empfinden,
in Turnschuhen, neustes Modell, flott wippen,
sind die Pillen, die wir verdrücken.

Mein kleines Messer

Das kleine Messer ist weg,
das seit mehr als fünfzig Jahren
treu seinen Dienst versah!
Ein Kartoffel-Schäl-Messer, aber auch Zwiebeln,
Äpfel, Pflaumen entsteinte
und zu anderen Spezialeinsätzen benutzt wurde.
Abgenutzt, die Scheide vorn schon sehr schmal,
Holzgriff. Bevor es nach dem Abwasch in die Lade
    kam,
musste es erst trocknen.
Der Verlust ist riesig, und meine Gedanken sind
    auf der Suche.
Wo?
Ich wühle sogar unten in der grünen Tonne.
Vielleicht habe ich es aus Versehen entsorgt?
Ich schlafe schlecht.
Aber das alte Sprichwort:
„Was man liebt, geht nicht verloren"
bewahrheitet sich.
Ich finde es bei den Töpfen,
wo es wirklich nichts zu suchen hat.
Ich hole die Lupe und entziffere
„Solingen Zwilling Germany".
Ich freue mich sehr!

Wie es zu zur Bekanntschaft mit H. kam

Mein Buch *Mein langer Weg* ist 1998 herausgekommen und meine Befürchtungen bewahrheiteten sich! Ich bin am Boden zerstört! Menschen, die ich für Freunde hielt, auch Bekannte, kündigen mir die Freundschaft auf. Die Krise hört nicht auf. Frau Dr. Neumeier soll helfen, aber nichts lässt sich reparieren. Im Gegenteil, sie hält mich für einen glücklichen Menschen! Wieso das denn? Weil ich dieses Up and Down habe. Ich werde gestärkt daraus hervorgehen, meint sie. Sie hat ein Exemplar bekommen. Ob sie es lesen wird? Egal, sie gibt es weiter an ihr Personal, ihr Team, das vorne an der Rezeption sitzt und sich um das Patientenvolk kümmert. Der Rest der Bücher wandert zu Oxfam, wo es reißenden Absatz findet für fünf Mark, Normalpreis 19 Mark.

Eine Person aus ihrem Team ist I., Tochter von H., die ich da noch nicht kenne. Später läutete es an meiner Tür. Jemand will mein Buch kaufen. Ob es bei mir erhältlich sei, wenn ja, ob sie es bekommen könnte? Wirklich wahr, jemand will mein Buch kaufen?

Wir kommen ins Geschäft. Sie bekommt den *Langen Weg* zum Herstellungspreis und die *Ostpreußischen Geschichten* noch dazu. Sie lacht immerzu, sie lacht und lacht. Mir Miesepeter eigentlich zu lustig. Außerdem klingt das Lachen nicht fröhlich. Mit Lachern kenne ich mich aus. Ich jedenfalls lache zu wenig.

Nach einiger Zeit kommt es erneut zu einer Begegnung. Die Älteste ihrer Töchter wohnt über mir im Hochhaus. Sie hat ihren Schlüsselbund im Briefkasten steckenlassen, und weil viel Betrieb im Haus ist, nehme ich ihn an mich und suche die Telefonnummer von der Mutter heraus. Ich trage mein Anliegen vor, und weil es nahe ist, bringe ich ihr den Schlüssel und sie kann Weiteres übernehmen. Sie lacht, freut sich und „bis gleich".

Sie empfängt mich schon an der Tür, und für ein Momentchen komme ich rein. Sie zeigt mir das Haus auf die Schnelle, und was mich am meisten wundert, sie kann mehr als 100 Gedichte auswendig! Unmöglich? Mitnichten. Sie liefert sofort, fragt, was ich hören will. Unwahrscheinlich. Aber schon sind wir beim Radfahren und ob wir nicht mal zusammen radeln wollen. Das ist ja das, was ich schon immer wollte! Einen Menschen, mit dem man was zusammen machen kann. Also morgen? Also morgen, Frühaufsteher sind wir beide.

Und los geht's. Denkürdig wird es sich gestalten. Sie hält sich dicht an meiner Seite und erzählt und erzählt, lacht und lacht, kommt immer näher. Ich fühle mich abgedrängt und lande im Graben. Meine weiße Hose, im Eimer, aber wir lachen! Das werde ich nicht aushalten, denke ich, für mich ist Alleinfahren besser, ich bin nicht ganz bei der Sache und den Ehrgeiz, 12.000 Kilometer im Jahr zu machen, habe ich auch nicht. Außerdem kritisiert sie zu viel an mir herum. Hat mich ständig im Blick, und selbst wenn ich ganz sicher bin, dass ich auf der richtigen Seite fahre – sie behauptet das Gegenteil. Wir trennen uns im Einvernehmen, ich bin zu alt.

Im kommenden Winter werden wir zusammen am Vormittag gehen. Früh treffen an der Ecke und dann ab durch das nahe Moor. Das halten wir durch, den ganzen Winter. Ich höre viel, sie ist noch mitteilsamer als ich und niemals wird es langweilig. Kritisch beäugt sie mich immer noch, aber darüber kann man auch lachen.

Wir treffen im Sommer auch manchmal beim Baden zusammen, aber auch das getrennt.

Heute mal wieder an ihrem Haus vorbei, alle Fenster sind raus. Vor dem Haus steht eine Pumpe, die vielleicht das noch im Keller stehende Wasser abpumpen wird? Mal sehen, morgen ist auch noch ein Tag.

Vom Essen und Trinken und so

Wenn ich gebacken hatte und es mir in den Sinn kam, bekam sie ein Stück gebracht. Ich hängte es an ihre Tür oder legte es, gut verpackt, davor. Einmal sah ich, wie sie es genießen konnte, wenn sie etwas geschenkt bekam, jemand an sie gedacht hatte. Wie ein Kind.

Sie hatte in jeder Hinsicht Talent, nicht nur in Mimik und Darstellung, sie konnte nicht nur zitieren, rezitieren, viele Dialekte, Platt. Sie imitierte jede Gebrechlichkeit – man erkannte sofort, wer gemeint war –, unglaubliche Ausdrucksmöglichkeiten, die ihr zur Verfügung standen. Wir anderen dachten viel zu klein in unseren Dimensionen. Dennoch, so reich ausgestattet sie war, war sie doch immer auf der Suche nach etwas, von dem sie selbst nicht wusste, was.

Lernt man einen Menschen überhaupt jemals richtig kennen? Weiß man, warum er sich so und nicht anders verhält?

Gestern habe ich für dich, H., Eis gegessen. War nicht die richtige Sorte, stimmt's?

18

Ein-Mensch-Leben

Ich brauche etwas,
das mich trägt,
mich belebt.
Dies Ein-Mensch-Leben
geht mir manchmal aufs Gemüt,
auf den Geist,
der, nicht gespeist,
zugrunde geht.
What's the matter with you?
Wo sind sie denn alle hin,
die sich meine Freunde nannten?
Auch wenn Blessuren bleiben,
ich nehme nichts zurück und behaupte das Gegen-
    teil.
Nein, denn das wäre ja auch falsch.
Urteilen wollte ich niemals,
es war immer nur ein Bericht,
den ich mir berichtete.

Das blaue Haus

Heute komme ich morgens an H.s Haus vorbei, in dem seit einiger Zeit gearbeitet wird. Mehrere Autos stehen davor, eine transportable Toilette, ein Container. Die Haustür steht offen, und man kann bis auf den Flur sehen, wo keine fünfzig Paar Schuhe mehr stehen. Sandalen, Stiefel, groß und klein, Haus- und andere Fußbekleidung, auch für Besucher gedacht. Das Brett, auf dem das Telefon stand, Stapel von Mützen sich türmten. Alle eine Fasson, in allen Farben. Ich erinnere mich, dass sie einen Winter lang besessen war zu stricken. Eine Docke Garn reichte aus, dass sie (großlöchrig) eine Art von Baskenmütze an einem Tag zustande brachte. Wenn eine Masche gefallen war, das machte überhaupt nichts. Das kann nach hinten! An der Wand, die man von außen sehen kann, kein Bild mehr, kein Spiegel, der Putz abgeschlagen. Das Haus muss entkernt worden sein, nehme ich an.

Es ist Frühstückspause. Ich frage einen der Arbeiter, der am offenen Fenster seines Autos sitzt, ob ich mir wohl das Haus von innen ansehen dürfte. Stelle mich als ehemalige Besucherin hier im Hause vor und bekomme die Erlaubnis. Mehr noch, auch den Garten könne ich in Augenschein nehmen, wenn ich es wünschte. Wie lange ist das nicht schon mein Begehr, traute mich aber nie zu fragen. Gut, dass ich mir heute ein Herz gefasst habe. Mensch, H.! Ich gehe durch dein „Elternhaus", von dessen

Bewohnern ich mehr weiß als von ihnen vielleicht gewünscht.

Mit dem Garten fange ich an. Als Erstes fällt mir auf, dass der neue Besitzer alle Über- und Unterstände entfernt hat. Das von dir gespaltene Holz von selbstgefällten Bäumen, für den Kamin zurechtgespalten, hat an anderer Stelle seinen Platz gefunden. Die drei Stubben, von den Tannen, die schon das Haus überragten, von deinem Vater noch gepflanzt, auch weg. Mitsamt der Wurzeln. Alles hatte der wuchernde Efeu zugedeckt. Dazwischen die von dir geschaffenen weißen Steinbüsten.

Jetzt fällt mir auch auf, dass der ganze Efeu vom Haus entfernt worden ist, nur noch seine Haftspuren sind an der Wand zu sehen, wie die Spuren eines Lebewesens, das auf dem Dach zu Hause ist. Das „Grautier", von dem sie manchmal sprach?

Es gab zwei Terrassen, eine vorm Esszimmer und eine vorm Wohnzimmer. Genutzt wurden beide nicht, weil befüllt mit Unmengen von gesammeltem Zeug. Es gab auch mehrere Sitzgruppen, die ebenfalls nie genutzt wurden. Ebenfalls mitgebrachte Plastikstühle und Tische, die mit unzähligen Sitzkissen belegt waren, immer draußen lagen bei Wind und Wetter, erst getrocknet werden mussten, wenn Bedarf war. Alles schon ein bisschen stockfleckig und müffig.

Sie hatte die Begabung, alles, was dem Verfall schon anheim gegeben war, so darzustellen, als sei es so gewollt. Erst durch sie wurde Menschen wie mir der Charme vergehender Dinge zu Bewusstsein gebracht. (Picasso, der nie von einem Spaziergang kam, ohne Schrott gefunden oder auf Müllplätzen gesammelt zu haben. Der alte Fahrradlenker, den er in einen Stierkopf verwandelt! o. Ä.) H. kam ebenfalls immer mit etwas nach Hause, was bei ihr seinen Platz fand. Ich weiß nicht, wie viele Windspiele ihre Töne im Garten von sich gaben, wie viele Vogeltränken und Futterplätze, Bademöglichkeiten sie für sie eingerichtet hatte. Manche Vögel waren so zutraulich geworden, ebenso war immer auch ein Eichhörnchen da, dass man meinen konnte, die Tiere warteten schon auf sie.

Jemand hatte ihr einen Topf mit Bambus geschenkt und gewarnt, ihn nicht auszupflanzen, ihn im Topf zu lassen, sie würde seiner nicht Herr werden. Tat sie aber, und zunächst sah es super aus, aber wurde allmählich zum Problem, als seine Wurzeln anfingen, die Fliesen von den Terrassen zu unterwandern, sie zu sprengen, in den Zwischenräumen Triebe trieben und man fürchten musste, dass sie durch Wände gingen. In der Gartenecke, wo Generationen von Hunden begraben worden waren, wuchs er wie ein Wald. „Der Bambuswald", der bei Wind raschelte und eigentlich wunderbar aussah.

Aber ich sehe, der Bambus ist auch nicht mehr da. Der Neue hat alles, was an den alten Garten erinnerte, beseitigt. So muss der Garten zuerst ausgesehen haben, ehe er angelegt wurde. Ich werfe einen Blick in den Container, der da steht. Der Inhalt der beiden Garagen: eine Waschmaschine, alte Räder in verschiedenen Größen, ein Schlitten, Roller, Kinderwägen, Sportwagen, Spielzeug, gelbe Säcke voller leerer Eierkartons, die vielleicht ein Freund, der was mit Hühnern machen wollte, brauchen könnte. Die Garagen waren so überfüllt, dass ihr Auto draußen stehen bleiben musste. Die schon lange maroden Holzeinfassungen von den Beeten, auf denen der Giersch meterhoch stand, liegen säuberlich aufgestapelt zum Abtransport bereit. Alle Büsche gerodet, die Rhododendren das Haus schon überwuchernd, verschwunden, frei steht es in der Sonne mit seiner blauen Tür, dem blauen Vorbau, an dessen Dach ebenso Windspiele angebracht sind, zwei Türklopfer vom Flohmarkt sollen die Klingel ersetzen, die selten ging. Oben auf dem Dach steht der blaue Wetterhahn. Man sieht, dass

Blau ihre Farbe war. Ihr Schlüsselbund scheint es zu sein, der da in der Tür steckt, und ich frage mich, ob man wohl noch 27-mal drehen muss, bis er endlich einschnappt. Ach, H., wie vertraut mir das alles noch ist!

Der Arbeiter steigt aus und auch die anderen beenden ihre Pause. Der Chef kommt. Zigarette aus. Ich erzähle ein bisschen von der ehemaligen Bewohnerin und dass ich unweit zu Hause bin. Zehn Minuten. In diesen zehn Minuten hätte sie den Kamin angemacht, der Tee stand auf dem Stövchen, die Becher auf dem Tisch und auch die Kekse dazu. Und eine dicke blaue Kerze im blauen Halter brannte.

Wir kamen und kommen beide aus Ostpreußen, vielleicht 16 Kilometer voneinander entfernt, und hätten uns leicht mit dem Rad gegenseitig besuchen können, wenn wir voneinander gewusst hätten. Vielleicht liegt es daran, dass wir uns verstanden, auch wenn wir nicht miteinander hätten leben können. Dafür waren wir zu eigenwillig. Oder, H., was meinst du dazu? Dazu fällt mir nuscht ein, würde sie antworten.

Mir aber.

Gewiss, es ist ein ganzes Haus, aber die Räume doch eher klein. Das sehe ich jetzt, während ich noch mal durchgehe. Oben das Schlafzimmer der Eltern, Omchens Zimmerchen, das von Tante Erna. Auch winziges Bett, Waschbecken, Minitisch, ein

24

Stuhl, Kleiderhaken, kleine Kommode. Für heutige Verhältnisse undenkbar. Das Elternschlafzimmer ist noch am schönsten: französischer Balkon, ziemlich groß, Licht von zwei Seiten und man kann sich vorstellen, dass sich die Dame des Hauses da oben am wohlsten fühlte. Zumal wenn sie ihre Migräne hatte, und auch ihrem Kummer konnte sie hier freien Lauf lassen.

8. Juli 2021

Gehe an H.s Elternhaus vorbei. Jetzt wird alles abmontiert, was für mich das Haus verschönerte. Die Sprossenfenster. Die schmiedeeisernen Gitter oben vor den Fenstern. Ach, Mensch, H.

August 2022

Gestern an H.s Haus, das noch immer nicht fertig
ist. Aber eine rote Eingangstür und daneben ein
ganz neuer Briefkasten, in den ich trotz Verbot
einen Lolli gesteckt hätte. Bei ihr war alles kaputt,
auch der Briefkasten. Gefunden oder auf dem Flohmarkt erstanden, das liebte sie, erzähle ich dem Arbeiter, der da zugange ist. Abends stelle ich ihr Bild
auf. Sie im grünen Outfit, türkisfarben. Schal und
Bluse gleiche Farbe. „Schön, dass du kommst",
höre ich.

Gold aus Stroh

Den Letzten beißen die Hunde.
Fast alle, die ich kannte,
brauchten mich für ihre Probleme.
Dass ich welche haben könnte,
kam ihnen nicht in den Sinn.
Was blieb, war mein Schrieb,
der nicht immer freundlich.
Nicht immer gelingt es,
aus Stroh Gold zu spinnen.
Egal wer,
jeder baute auf mich.
Tulle wird es schon machen,
und die spielt „starker Mann",
und es gelang
manchmal, das aus Stroh Gold wurde.

Neue Freundin

Heute haben Leute hundert Freunde und mehr. Die neue Art von Kommunikation macht es möglich. Manch einer hat seine Seite, oder ihre, zeigt sich da von seiner besten und dann melden sie sich in Scharen.

Wohlgemerkt, heute. Das war damals anders, als wir noch „im Flügelkleide" gingen. Da schrieb man sich noch ernsthafte Briefe, erwartete drauf Antwort, auch wenn es lange dauerte und vieles inzwischen hinfällig geworden sein konnte, und man hob sie auf, trug sie mit sich in der Handtasche herum, las sie immer wieder, manchmal daraus vor, wenn der Text vorgelesen werden konnte. Man versteckte sie auch, denn einer, der eifersüchtig war und mit Leidenschaft suchte, was Leiden schaffte, war unberechenbar. Briefe konnten auch kostbar sein, weil es manchmal die letzten waren, die einer geschrieben hatte, und sie landeten auch in Museen. Forscher vielleicht, die nach dem Nordpol aufgebrochen und in ihren Zelten erfroren waren u. Ä. Gut, dass das Vergangenheit ist, man sich heute retten lassen kann. Wir leben heute anders, rascher, gefährlicher auch und gleichzeitig sicherer.

In der Straße soll verdichtet, ein neues Haus zwischen die anderen gesetzt werden. Wenn ich zu H. gehe, komme ich an der Baustelle vorbei. Drei Grundstücke von ihrem entfernt. Sieht nett aus. Wer da wohl einziehen wird? Wir haben uns längere Zeit nicht gesehen, und einmal, als wir uns treffen, spricht sie von einer Freundin, mit der sie vorhat, Rad zu fahren, sich gegenseitig zu besuchen, und es wird anscheinend ein schöner Sommer werden. Freut mich, prima. Eigentlich müsste ich sie manchmal unterwegs treffen, denke ich, wenn ich so meine Runden drehe. Keine Spur, aber unten am See fährt seit einiger Zeit eine Neue mit Rad und Hund an der Leine auf der Promenade. Ich kann sie vom Fenster aus sehen und manchmal auch, wenn ich unten bin. Wir nicken uns zu, weil wir uns durchs Sehen bekannt geworden sind. Von hinten wie eine junge Deern, wie „Lyzeum", hätten wir früher gesagt, von vorne „Museum". Oh, Verzeihung. So sehen auch wir aus. Tolle Figur, hätte die Freundin, hatte H. geschwärmt. Ob sie das ist?

Als ich H. kennenlernte, witterte ich Morgendüfte. Vielleicht wird das was mit uns beiden. Was hatte ich nicht alles unternommen, um irgendwo und irgendwie Anschluss zu bekommen. Ich hatte es aufgegeben, darüber nachzugrübeln, warum, weshalb, wieso es nicht klappte, dass ich nirgendwo Anschluss fand. Gewiss lag es an mir. Jetzt aber, Barten, Rastenburg, so nah beieinander!

Sie war da noch im Schuldienst. Eigentlich schon in Rente, aber sie hatte sich gerade einen Traum erfüllt und sich ein Waldhaus gekauft. Das sollte ich zu sehen bekommen. Nicht nur sehen, wir könnten da zusammen Ferien machen, mit den Rädern von da die Gegend erkunden. Platz sei genug vorhanden.

Ich lernte viel von ihr, z. B. eine Radtour ohne Ziel zu machen. Einfach so und Kilometer machen. Sie hatte das zu ihrem Ziel gemacht, wenn sie im Jahr 12.000 km auf dem Kilometerzähler haben wollte, musste sie täglich 33,3333333 km fahren. Sofort schaffte ich mir auch einen an, ließ mir vom Fahrradhändler alles Nötige ans Rad montieren. Mir war das aber bald lästig, dieses Starren auf die Zeiger, und als ich ihn verlor, war ich froh. Sofort Demontage des Zubehörs. Sie vermeldete unterwegs oft genug, was geschafft.

Wenn zu Hause noch nicht genug auf dem Anzeiger zu sehen war, wird noch einige Male um das Viertel gefahren. Außerdem hat sie mich ständig auf dem Kieker. Ich mache dies nicht richtig, das auch nicht, also lieber wieder allein durch die Gegend trampen.

Sie hat jetzt Geld und seit einiger Zeit steht an ihrem Haus ein Riesenwohnmobil. Es hatte zum Verkauf in einer Nebenstraße gestanden und ihr so gefallen, dass sie es kaufen musste. Die Kinder würden kommen, es sich ausleihen, vielleicht sogar mit ihr zusammen etwas unternehmen. Sechs Personen können darin schlafen. – Aber keiner kommt!

Wie bei mir. Ich entdecke in Dangast einen gut erhaltenen Wohnwagen noch aus Holz, den ich unbedingt kaufen muss, 4000 DM. Was wird das für eine Freude werden! Frühstück mit Krabben vom

Kutter, Scholle aus der Pfanne. Traumhafte Tage stehen mir bevor. Keiner kommt, und allein wird mir am Abend komisch. Damals hatte ich noch ein Auto. Auch wenn ich es mir fest vorgenommen hatte, dort zu schlafen. Ging nicht. Ich musste nach Hause. Sie hatte auch Angst, gestand sie und da allein im Wald mit ihr fand ich es auch nicht begeisternd. Außerdem roch es so seltsam, und Mäuse gab es auch.

Aber wenn die Sonne schien und sie da wirtschaften konnte, Bäume fällen, Holz machen für den Kamin, war sie in ihrem Element.

Einmal lasse ich mich überreden. Ihr Freund und sie wollen eine Wanderwoche im Harz machen. Die Lehrer haben da eine Art Pension, die sie nutzen können. Es gibt einen Wirt, ist nicht teuer. Eine Person ist ausgefallen, und ich soll statt ihrer mit. Ich habe da gerade mein erstes Hörgerät bekommen. Bin unsicher und will nicht so recht. Aber dann bekommt sie mich doch rum, und ich hole die beiden am Abreisetag wie verabredet ab, um gemeinsam mit ihnen zum Bus zu gehen, der uns zum Bahnhof bringen wird. Er wartet schon draußen auf mich, und bei offener Tür sieht und hört man sie lauthals noch mit jemand telefonieren. Ich sage, ich gehe schon voraus, und er kommt langsam auch hinterher. Auf einmal ein Riesengezeter, warum wir nicht gewartet hätten, und sie hört und hört nicht auf. Sie hat einen Rollkoffer aus Metall, glaube ich, dem die Räder abhandengekommen sind. Auch das Gestänge, an dem man ihn hinter sich herziehen kann. Sie zieht ihn einfach an einem Strick hinter sich her. Im Bahnhof, auf dem Bahnsteig, macht das Ding einen Höllenlärm, oder liegt das nur an meinem Hörgerät? Keiner sagt einen Ton. Sie ist tagelang eingeschnappt, spricht kein Wort. Was soll ich davon halten?!

Dafür im Zug, mit den anderen Teilnehmern, ein Kreischen und Lautsein, mir unerträglich. Auch ein zweiter Versuch schlägt fehl. Brüssel wollten wir sehen. Sie wieder bockig, sich wie aus Versehen an junge Männer haltend, dass ich aus dem Wundern nicht herauskomme. Das werde ich nicht aushalten.

Immer noch aber fasziniert mich ihre Genialität. Ins Gästebuch eintragen und noch eine Zeichnung dazu machen. Total toll! Alle gerettet, H..

Ich bekam den Verdacht, dass sie sich überforderte. Ich bin immer eine gute Gängerin gewesen und sie im Wanderverein, eigentlich doch auch. Aber ich sah, wie sie sich manchmal quälen musste und das Lahmen kaum verstecken konnte. Manchmal blieb sie hinter mir, wenn wir mit dem Rad unterwegs waren, und ein paar Mal sagte sie, wenn wir zu Hause ankamen, wenn ich so alt bin wie du, möchte ich auch so gerade sein wie du.

Mehr oder weniger wollen wir alle noch immer eine gute Figur machen im Alter und haben mehr oder weniger zu kompensieren. Beten scheef hät Gott lev, sagten wir und lachten. Ihre letzten Worte zu mir waren: „Du kannst dir nicht vorstellen, wie alle ich bin." Den Eindruck hatte ich schon länger, dass sie alle war, aber am letzten Tag noch am Vormittag 17 km gefahren!

Zwänge, die ich auch kenne. Der Nachbar stirbt, sie kann nicht, zehn Jahre jünger als ich, den Brief zum Kasten bringen. Ob? Ich könnte ihn morgen bringen, nein! Ich muss sofort damit los, mit dem Rollator dauert es etwas länger und so besonders ist mir auch nicht.

Nasskalt. Sie heizte nicht gern. Zu teuer, sie hing sich eine Decke um und eine über die Beine, kauerte sich ins Sofa und sah „DAS", war aber sofort eingeschlafen. Jedes Mal passierte das, auch wenn wir mal zu einem Vortrag gingen oder einem Konzert. Auf der Stelle schlief sie ein. Sie muss sehr erschöpft gewesen sein, schon lange.

Ich mache einen Besuch im Krankenhaus. Wer sitzt im Foyer? H.. Sie überbrückt die Zeit, bis es Zeit ist, nach Hause zu fahren. Es ist kalt und sie wärmt sich oft, mal in diesem, mal in einem anderen Krankenhaus. Darauf kam ich noch nie, sie liest dort die ausliegenden Zeitungen und vertreibt sich die Zeit.

Heute am Elternhaus vorbei

H., wie würdest du das sehen?!

Der neue Eigentümer hat alles, was an dich erinnert, entfernt und Ordnung geschaffen. Nur das Blau noch nicht, mit dem du alles angestrichen hattest. Das blaue Haus aber entfaltet jetzt erst seine ganze Schönheit.

16. November 2021

Statt sich „aufzureiben"
Eine schöne entspannte Reise
Zu den Wurzeln unserer Bedürfnisse.

Aber diesen Moment will ich mir merken, H. Dylan und ich treffen durch Zufall genau bei deinem Haus aufeinander, an dem alles neu ist, nichts mehr an dich erinnert, alles sooo ordentlich, und die Engländerin meinte: „Ich mochte es, wie H. es hatte." Sie entschuldigt sich für ihr schlechtes Deutsch und sagt, wir Deutschen hätten es immer gern so korrekt mit dem Rasen und so. „Na", sage ich, „das ändert sich momentan aber, vielleicht lernen wir ja durch die Globalisierung dazu." Sie lachte und gab es zu.

Es stimmt, in deinem Chaos war unbedingt ein Stil erkennbar. Deine weißen Skulpturen, von dei-

ner Hand geschaffen, im hohen Giersch fast zuge-
wachsen, die blaue Gießkanne darin, die Berge von
alten Plastikstühlen und Tischen, zig Windspiele,
die ihre Töne hören ließen, das Schilf, haushoch,
oder es war wohl Bambus, hatte seinen Reiz. Ich
aber, wohl zu deutsch, hätte so nicht leben können.
Leider, H.

Am Küchenfenster. Die Wolken reißen hoffent-
lich bald auf und zeigen „den blauen Himmel unver-
stellt!". H. spricht ein Gedicht. „Bald siehst du,
wenn der Nebel fällt, den blauen Himmel unver-
stellt, in warmem Golde fließen …" Die konnte das.
Das blaue Haus steht noch. Freue mich darüber.

Der erste Gang mit H. Unvergesslich

Sie war zum ersten Mal Großmutter geworden, und wenn sie gebraucht wurde, was manchmal vorkam, z. B. wenn Werder Bremen spielte und Tochter und Schwiegersohn als Fans dieses Clubs zu den Spielen fuhren, durfte sie das Kind einhüten. Immer waren ihr Kinder und Enkel willkommen! Aber am liebsten, wenn sie die Enkel ohne Eltern bei sich haben konnte. Das Kind muss schon zehn oder elf Monate alt gewesen sein, als ich es vorgeführt bekam. Ein Fahrzeug, in dem die Enkel befördert werden konnten, fand sich immer in einer ihrer zwei Garagen. Der kluge Mann baut vor. Für alle Altersklassen war gesorgt.

Ich bin zu Hause, als es läutet. Durch die Sprechanlage: „Hier ist H., ich habe L. bei mir. Willst du runterkommen und ihn ansehen?" Na klar will ich, will auch auf dem Spaziergang mitgenommen werden, den beide vorhaben. Ab und zu muss mit dem Schuh an eines der Räder gestoßen werden, damit es sich nicht löst, oder sie sucht sich einen Stein. Geht auch. „Na, mit dem auf der Flucht über das Eis!"

Aber nicht das will ich erzählen, sondern was mir unvergesslich geblieben ist, sie als Großmutter. Als wir an einer Gruppe Kastanienbäume vorbeikommen, hebt sie das Kind plötzlich aus dem Wagen, stellt es an den Baumstamm, breitet seine kleinen Arme aus und beginnt mit seinen kleinen

Händen die Rinde zu streicheln, immer ein Lied dabei summend und singend, zu mir: „Komm, fass es an der Hand", und wir drei bilden einen Kreis, umfassen den Baumstamm und gebärden uns wie nicht ganz frisch. „Das ist Natur", meint sie, und das Kind soll sie aus erster Hand erleben. Als es wieder im Wagen sitzt, füllt sie ihm auf die Decke Stöckchen und Kastanien, dass ich Angst bekomme. „Menschenskind, wenn es die in den Mund steckt!" „Dann hol ich sie wieder raus", lacht sie. „Nicht wahr, Omi holt sie dem Kind wieder raus."

Immer, wenn angebracht, erzählte ich diese Begebenheit. Heute noch. Das ist über zwanzig Jahre her und L. ist ein erwachsener Mensch, der immer noch gern zu seiner Großmutter kam.

Für Christine

In diesen Tagen geht mir Christine nicht aus dem Sinn. Dass sie ihr Haus nach einem Sturz nicht mehr verlassen konnte, wusste ich und auch, dass sie auf Hilfe angewiesen war. Dennoch schien sie mit ihrer Situation besser klarzukommen als ich, die ähnlich behindert, alles viel mühsamer empfindet. Aber wir halten uns gegenseitig bei Laune: telefonieren, tauschen Lesestoff aus und Erinnerungen. Weißt du noch? Ihre Enkelin nennt mich „Die Frau aus deiner Heimat".

Durch Corona wird alles anders. Als ob die ganze Welt ins Koma gestürzt wäre. Alles wird weniger, schläft fast ein, und deshalb bin ich hoch entzückt, als ich im Heimatbrief ihren Geburtstag angezeigt sehe. Ich freue mich sehr, und schreibe ihr: „Wie schön, dass es dich noch gibt!" Einige Tage später bekomme ich Antwort: „Lebt wohl und vergesst mich nicht. Ich gehe auf große Reise." Niemals werde ich sie vergessen! Mit ihr habe ich die schönste und herzbewegendste Reise meines Lebens gemacht.

Kurze Zeit nach dem Mauerfall wird es möglich, allerdings sehr kompliziert noch, in den nördlichsten Teil Ostpreußens zu reisen, der heute zu Russland gehört. Wir gehören zu den Pionieren. Es ist nur eine kleine Gruppe, die mit dem russischen Flieger nach Memel fliegen wird. Dazu gehören auch wir. Da lernte ich sie kennen. Sie reiste natürlich standesgemäß, mit ehemaligem Kindermädchen und einer Unmenge von Kartons, in denen sich wichtige Utensilien für das Krankenhaus in Gerdauen, das heute Shelesnodoroshnyl heißt, befinden. Sie hält den ganzen Laden auf, weil die Kartons dauernd kontrolliert werden müssen. Weil ich ohne Kindermädchen bin und wenig Gepäck habe, kann ich behilflich sein. Abends wird sie sich im Hotel mit einem „Wässerchen", wie hier der Wodka genannt wird, bedanken.

Am nächsten Tag begleite ich die beiden Damen ins Krankenhaus. Große Freude! Weil aber alle in ihre Heimatorte wollen und nur begrenzt Zeit zur Verfügung steht, muss alles schnell gehen. Es reicht, um festzustellen, das Elternhaus steht nicht mehr, die „Gerdauer Zeitung". Wir kratzen am Zaun, hinter der sich Hühner im Sand eingebuddelt haben. Erde kommt in den mitgebrachten Beutel, die sich ihre Mutter fürs Grab gewünscht hat. Das alte Kindermädchen ist untröstlich, als sie den Zustand ihres Elternhauses sieht, und es gibt Tränen.

Christines Zettel, auf der in russischer Sprache steht „Hier habe ich mal gewohnt, darf ich mich mal umsehen?", öffnet uns die Tür nicht immer, trotz Rubelchen und Geschenken.

Sie hatte an alles gedacht, aber die Zeit reichte nicht aus, und am Abend an der Bar beschließen wir, auch weil wir Gefallen aneinander gefunden hatten: Wir kommen im nächsten Jahr noch mal, allein.

Es wird gelingen und wir werden in unserer lieben alten Heimatstadt vier ganze Tage und drei Nächte verbringen dürfen. Halleluja! Wir werden alle Wege gehen, die noch erinnerlich sind. Wir werden mit einem Taxi zu der Försterei fahren, wo ihre Großeltern das spillerige Stadtkind aufpäppeln sollten. Aber die Försterei gibt es auch nicht mehr. Nach vielem Suchen finden wir im Wald Reste eines Zaunes, verwilderte Beerensträucher, einen Birnbaum. Hier also. Sie setzt sich ins Gras, und auch hier fließen Tränen.

Ich komme diesmal in das Haus meiner Großeltern, das auch nur mit gutem Willen wiederzuerkennen ist. Aber wir sind selig wie selten in unserem Leben und fragen uns, warum das so ist. Der Himmel? Die Luft? Einen halben Tag verbringen wir am See, wo Kijewskis Pferdeschwemme war. Christine mit nackten Beinen im Wasser. Herz, was willst du mehr?

Danke Christine, gute Reise, Christel.

Die Künstlerin

Was mir bald auffiel, war H.s Begabung. Nicht allein, dass sie malen konnte und bildhauern, alles, was sie zustande brachte, hatte Hand und Fuß, hatte tieferen Sinn und Verstand. Dass ihre Büsten, die sie aus dem weißen Stein schlug, fast immer ein und das Gleiche darstellten, hatte mit ihr selbst zu tun. Sie zeigten ihre Vorstellung von Weiblichkeit, von der Frau schlechthin. Volle Brüste, langes glattes Haar über den Rücken hängend, erhobenes Gesicht. Es gab mehrere Ausführungen davon im Garten, das jeweilige Alter an der Färbung bzw. Verwitterung zu erkennen. Eine hatte sie gemacht, als ich zu ihr kam und sie im Garten antraf, sie hatte ihr gerade den Platz gegeben zwischen den Stubben der Bäume, die sie selbst gefällt hatte. Jetzt waren sie efeuüberwuchert, und das weiße Standbild machte sich sehr vorteilhaft darin aus. Zwischen zwei anderen Stubben stand eine von ihr blau angestrichene Zinkgießkanne, die sie mal unterwegs gefunden hatte und die ebenfalls sehr dekorativ wirkte. Das Blau kam immer wieder vor, was noch nicht blau war, erhielt sofort einen Anstrich, war gestern noch nicht da!

Aber erstaunlich, mehr als das, sie konnte mehr als 100 Gedichte auswendig aufsagen, mit Gefühl und allem Drum und Dran. Ich konnte ihr keine größere Freude machen, als wenn ich sagte: „H., sag ein Gedicht, bevor ich gehe." Sie zierte sich keinen

Moment, setzte sich sofort in Positur, fragte: „Willst du etwas Bestimmtes?" „Nein, mach mal."

Und schon ging es los, und sie steigerte sich immer mehr, konnte kaum aufhören, so begeistert und gerührt vom eigenen Vortrag. Auch Gedichte schreiben konnte sie, auch die mochte sie mir vorlesen. Irgendwie war sie sehr kindlich, konnte weinen, das Wasser lief in Strömen, mit dem Ärmel die Feuchtigkeit abputzend, heulend. Bis heute habe ich das nicht begriffen, auch ihre Genialität nicht.

Ich habe nochmal Gottfried Benn hervorgeholt, gesucht und gefunden, den Text über „Gesundheit und Genialität" in seinem Buch *Leben ist Brücken schlagen*. Ich bin zu blöd, um alles zu verstehen, aber aus dieser Richtung muss ihr Alroundgenie kommen.

Auch in der Politik war sie bewandert und wusste, auf welcher Seite sie steht. Es läutet, unten an der Sprechanlage: „Hier ist H.. Ich will auf den Markt zu einer Kundgebung. Karl-Theodor von Guttenberg spricht" (der mit der Fälschung seiner Doktorarbeit, glaube ich).

Wir fahren mit dem Rad, stellen die Räder an der Kirche ab, und sie drängelt uns geschickt den Weg, bis wir in der ersten Reihe hinter der Absperrung stehen können. Weil ich niemals an solchen Veranstaltungen teilnehme, auch meine Richtung weiß und der bleibe ich treu, interessieren mich die Menschen um mich herum mehr als der Vortragende. Der aber kommt in Fahrt, ist so berauscht von sich, dass er nach Ende seiner Rede beschwingt von der Bühne steigt, strahlend auf das Publikum losstürmt, meine H. entdeckt und ihr voller Enthusiasmus beide Hände entgegenstreckt. Die aber wehrt ab: „Danke, nicht meine Richtung", und verweigert den Händedruck. Bravo, H., mein Respekt steigt. Hut ab!

Für Nicolai

„Du hast ein Helfersyndrom",
sagt mein Freund Nicolai am Telefon,
„ein Samariter, dem man helfen muss".
Stimmt das wirklich?, frage ich mich
und komme ins Grübeln.
Dann habe ich es
und rufe zurück:
„Es ist mein eigener Wille,
der mich helfen lässt.
Hilfe zur Selbsthilfe.
Aber danke für den Denksanstoß."

Mein Dänemark ist H.

über die ich viel reden kann. Und die würde sich
darüber bestimmt freuen. Also auf geht's.

Heute herrscht ein Riesenbetrieb am Haus.
Sogar die schönen Gitter sind raus, und das Haus
sieht wie eine Ruine aus. Auch die Stufen vor der
Tür, die alle Mann seit Erbauung ausgetreten hatten, sind entfernt worden. Stattdessen führt eine
Behelfstreppe hinein aus Holz. Was die wohl noch
alles anstellen werden!

Hängt man an Elternhäusern mehr als an selbst-
gebauten? Frage ich mich. Hängt man mehr daran,
weil hier das Leben begann? Und als sie nach dem
Tode der Eltern selbst einziehen konnte, weil sie das
Haus geerbt hatte, verbrachte sie mit den Kindern
den ersten Heiligen Abend in der Bahnhofsmission.
Alle anderen Weihnachten sind nicht so in ihrem
Gedächtnis verankert wie dieses.

Mir geht es ähnlich. Meine Leute hatten sich
ausgedacht, Heiligabend bleibt jeder für sich und
an den Feiertagen kann getafelt werden. Da zog ich
es auch vor, ins Altenheim zu gehen und dort den
Abend zu verbringen. Willi war nach Erikas Tod da
gelandet. Mich erblickend, fing er an zu weinen.
Fünf Kinder, sagte er, aber du kommst. Wenn einer
verstand, dem Abend Atmosphäre zu geben, so war
das Erika gewesen, seine Frau.

Dabei hatten wir Angst. Eine ganz animalische
Angst beherrschte uns. Ich war schon lange ge-

schieden, und wenn ich mich erschreckte, rief ich laut: „Werner!" Hilfe, bedeutete das. So auch sie. Verschloss die Türen im Haus, alle, sicherte sich noch von innen, mit Stühlen unter den Drücker geschoben. Horchte auf jedes Geräusch im Haus. War da was? Woher rührte das? Ist es so, weil wir aus dem Osten kamen, wo das Spuken noch an der Tagesordnung war?

Sie hat es geschafft

Meine Freundin ist tot.
Sie wurde dreiundneunzig Jahre alt.
Unsere Verbindung war unkündbar
(schon unsere Mütter pflegten ihre Freundschaft).
Manchmal war sie schwierig,
manchmal wunderbar.

Sie war unschlagbar im Festhalten,
auch an anderen Beziehungen.
Dazu gehörte Inge,
alte Freundin aus der alten Heimat,
die gerade ein furchtbarer Schicksalsschlag
    getroffen hat.
Der einzige Enkel, ihr „Ein und Alles", wie sie
    sagt,
ist mit zwanzig Jahren tödlich verunglückt.

Mein gutes Stück sagt zu der Untröstlichen:
„Er hat es geschafft."
Wir schweigen betreten.
Zu mir: „Stimmt doch, oder?"

Kurze Zeit später stirbt auch Inge.
Ich denke, an gebrochenem Herzen, oder?

Liegt es am Alter, an den Medikamenten, an der
    Entfernung,
dass wir zickiger werden, rechthaberischer?
Können wir die Erfahrung von neunzig Jahren
    nicht umsetzen
in das Heute als Bereicherung?
Was meinst du dazu, bist du jetzt schlauer?

Das letzte Treffen mit H.

Es ist Sommer. Der erste seit vielen Jahren, in dem ich noch nicht gebadet habe. Ich mochte morgens die Stille am See, das Geflügel auf ihm, das zum Teil noch schlief, die Rehe, die manchmal aus ihrer Deckung kamen, wenn die ersten Morgennebel die Wiese einhüllten, und „na, lieber Gott, ich danke dir" beim Rückenschwimmen mit Blick nach oben.

Weil ich ohne Brille im Wasser bin, kann ich aus der Ferne nur erraten, wer da angefahren kommt und ins Wasser steigt, paar hastige Schwimmbewegungen ausführt, aus dem Wasser steigt und nach ein paar Bewegungsabläufen, anziehen, rauf aufs Rad und ab. Wenn ich dann nach Hause fahre, kann es sein, dass ich sie treffe, sie schon auf ihrer täglichen Tour. Jeden Tag müssen 33,33 km gemacht werden, meistens werden es um die fünzig herum, ihr angestrebtes Ziel sind 12.000 km im Jahr. Als Erstes, wenn wir uns sehen, wird der Kilometerstand des Tages aufgesagt. Ein Muss. Ich, ebenfalls ein Zwangsneurotiker, verstehe das sofort, auch ihre Manie des Zählens. Selbst die Schwimmzüge. Der Kopf will das gar nicht, es ist das Es, was als Automat in einem seine eigene Masche dreht. Und der Zwang, immer wieder die alten Kamellen vorzutragen. Masochisten, die wir waren!

Manches Mal versuchten wir auch morgens gemeinsam zu gehen. Wir trafen uns und ab dafür.

Aber es dauerte nicht lange, und schon hatte sie etwas an mir entdeckt, was ihr nicht gefiel. Entweder ging ich falsch oder ich wurde einsilbig, weil ich sie nicht mehr ertragen konnte und am liebsten umgekehrt wäre. Es kam zu einem Zustand bei mir, in dem ich verstehen konnte, dass es zu Trennungen kommen kann. Aber wir blieben uns treu. Sie gewann andere Freunde, mit denen sie etwas machen konnte, und hatte zuletzt einen dick gefüllten Terminkalender. Kein Verein, keine Radtour wurde ausgelassen, und wenn sich der Fahrradclub einmal in der Woche in Bewegung setzte, die Polizei voreweg den Zug anführend, konnte man H. dicht neben einem der Polizisten in die Pedale tretend, die Schirmmütze schräg in die Stirn gezogen sehen und hören. „Hallo, hast du nicht gesehen."

Wie gesagt, in diesem Sommer tote Hose. Null Bock auf nichts. Lustlos, appetitlos, ausgepowert. Ich nehme an Gewicht ab und quäle mich durch meine Tage. Selten nur begegnen wir uns, sie dann meistens mit ihrem Freund, kurzes Anhalten, kurzes Statement und „willst mitkommen?" zum Schluss. „Mit mir ist nicht viel los" und ich höre: „Mit mir auch nicht." Sie hätte Gürtelrose und „furchtbare Schmerzen" gehabt. Das ist ja ganz was Neues, sie, die Robuste, der Kilometerzähler, ständiger Begleiter, bestätigt es. Manchmal, wenn ich die beiden so einträchtig fahren sah, rührte mich das irgendwie, und ich fand, sie passten hervorragend zusammen.

Um auch mein Pensum zu erfüllen, treibe ich mich lustlos, bevor ich das Rad in den Stall schiebe, noch ein bischen herum, sehe bei H.s Haus vorbei, da stellt sie gerade ihre blaue Tonne rein. Erfreut sind wir beide und kommen kurz ins Gespräch: „17 Kilometer heute. Erst." Der Freund sei bei ihr geblieben während der Gürtelrose, und sie ist fassungslos über ihre Schwachheit. Wir sagen uns Aufwiedersehen, und sie läuft gewollt jugendlich mit angewinkelten Ellenbogen über die Straße zurück zum Haus, kehrt kurz davor um, kommt erneut über die Straße zurück zu mir und sagt: „Scheiß was auf Corona. Ich muss dich einfach umarmen. Ich wollte, ich hätte eine Mutter wie dich gehabt." Was war das denn, frage ich mich, als ich wieder zu Hause bin.

Am nächsten Tag Telefon, eine der Töchter ist dran. Ob ich einen schönen Spruch für ihre Mama weiß. Sie ist gestorben und sie bekommt einen blauen Sarg. Sie werden aus dem Wald den Sargschmuck holen. Das ist doch nicht möglich, denke ich und kann es bis heute nicht recht glauben.

Ich weiß nicht, woran es liegt, dass mir meine Verstorbenen nicht aus dem Sinn gehen wollen, ja, ich mich mit ihnen beschäftigen muss.

2020

30. März 2022

Gestern mal wieder an H. Haus vorbei. Kinder scheint es jetzt dort zu geben. Alles verändert, heller, ordentlicher, heiler, nicht alles so zerbrochen. Es gibt einen neuen Briefkasten und eine neue Tür, neue Fenster, alles Gerümpel verschwunden, auch alles „Mitgenommene" von Flohmärkten und was an der Straße stand.

Was mich erst ein bisschen störte, stört mich jetzt kolossal. Ist das normal?

Ein letzter Besuch auf der Baustelle

Gestern noch mal auf der Baustelle. Als letztes Blau, die beiden Garagentüren, ist sehr verblasst. Fast schon weiß geworden. Die werden bestimmt auch abmontiert werden und etwas Neuem weichen. Schon jetzt ist fast nichts wiederzuerkennen. Ich werde meine Besuche einstellen.

Am Eingang, jetzt ein offenes Loch, steht ein Busch Winterastern, der mal auf meinem Balkon stand. Alles, was ich geschenkt bekam und bei mir auf dem Balkon blühen und gedeihen sollte, wollte nicht. Fehlt mir der grüne Daumen? Bei ihr entwickelte sich alles prächtig. Drei Gewächse stammen von mir. Eine Buschrose, eine Hortensie, die ich als Töpfchen von Frau Schw. bekam, die hier ein Riesenbusch geworden, und eben die Astern, von denen ich mir welche pflücke und mitnehmen werde. Im Korb vom Rollator.

Als ob der Boden besonders fruchtbar wäre! Selbst zwischen den Ritzen in der Steintreppe vor der Tür sprossen die Butterblumen, denen sie kein Blättchen krümmte. Alles blieb stehen. Heute war die Baustelle leer. Deshalb gehe ich noch mal in den Garten, merke, dass nichts mehr an sie erinnert. Ich werde nicht mehr gehen. Habe mich ausgequetscht wie eine Zitrone.

Ob sie kochte? Kaum. Das war nicht ihre Welt. Auch gebacken hat sie nie, obgleich Kuchen ihre

Leidenschaft waren. Hmm, wie konnte sie mit Genuss reinbeißen. Gleich zweimal, wie ich, die Backen mussten voll sein wie bei einem Hamster.

Warum, fragte ich mich manchmal, macht H. für mich nicht als Überraschung eine kleine Zeichnung und wirft sie mir in den Kasten. Auch das lag ihr nicht, kam sie gar nicht drauf. Und wenn es eine winzige Blume in Blau gewesen wäre. Eigentlich ein egoistisches Luder.

Denken an H.

B. rief an, meine Englischlehrerin von der VHS. Ich hatte einen Kurs bei ihr belegt wegen Auffrischung meiner Kenntnisse. Sie erzählte, dass sie meinen *Langen Weg* bei Oxfam gekauft hätte, und sei begeistert davon. Ob ich sie nicht mal besuchen könnte, im Garten sitzen und so. Wir hätten uns bestimmt viel zu erzählen. Ja, mache ich. Aber dann im Garten, Drama. Nichts, wir haben uns nichts zu sagen. Das war bei H. und mir ganz anders. Gleichzeitig, am liebsten volle Kanne!

Gebäude

Es gibt in meinem Gebäude
Drei Etagen.
Auf der ersten wohnt Klugscheißer.
Auf der zweiten wohnt Besserwisser.
Auf der dritten Schlaumeyer.

Alle drei, Zungendrescher,
Spezialisten ihres Faches,
Auch ohne Not, nicht verzagen,
Fragen, fragen kostet nichts.

Allzeit bereit.
Bitte Zeit mitbringen,
Denn weit ist der Weg zurück ins Heimatland.

Im Keller wohne ich und mache die Vertretung.

Warum man nicht schlafen kann

Wenn man diese Bilder sieht
von der Flucht,
sind sie mit dem Treck 1945
nicht vergleichbar, denke ich.
Plötzlich die Mutter zu den Kindern:
„Seht nicht hin."
Denn sie hatte die Großeltern von ihnen entdeckt,
den alten Mann, der seine kranke alte Frau
im Handwagen mühselig auf der vereisten Straße
    zog.
Hat sie jemand gesehen?
Sie kamen weder in der Fremde an
noch im alten Zuhause.
„Auf der Flucht verloren gegangen", verschollen –
Zogen sie wieder zurück?
Gott bewahrt alles, heißt es.
Wie tief sich das verdrängen ließ.

Wie ginge ich heute auf die Flucht, gehbehindert,
käme ich auch mit dem Rollator nicht weit. Also
hiergeblieben. Lieber zu Hause erschlagen werden
als unterwegs vom Panzer überrollt.

Viel erlebt und viel erlitten? Die Frage habe ich
mir nie gestellt, und wer hat das nicht in seinem
Leben, der eine so, der andere anders. Leicht hat es
keiner.

Oldenburg hatte nicht nur mit den 40.000 Flüchtlingen 1945 zu tun, die es überfluteten, sondern auch mit den Besatzern, den Siegern, die einzogen und ihre Ansprüche anmeldeten. Sie alle waren froh, dass die Zeit des Mangels und des Tötens vorüber. Ein neues Leben begann. Frühling, die Sonne wurde wärmer, die Verbotsschilder im Schlossgarten verschwanden vom Rasen, die Tommys lagerten sich darauf und sahen und pfiffen den jungen Mädchen nach, die in ihren mit Schlemmkreide geweißten Stoffschühchen auf den Wegen paradierten, und alles Gepfeife der jungen Wilden half nichts, gegen Zigaretten und Nylons war kein Kraut gewachsen. Wer zu lange mit seinem Antrag gewartet hatte, bekam nun die Quittung.

Barbara, meine Schöne, schmiss alles über den Haufen. Wie viel Power auf einmal in die etwas lethargische Person kam. Fängt im Casino beim Tommy an! Raucht auf der Straße! Am Arm eines Engländers in Uniform! „Tommyliebchen" wird gesagt von alten Freunden, die das verräterisch nennen. Später besuchte ich sie in Old England, im eigenen Haus, das der „Tommy" für die junge Familie gebaut hatte. Am Wasser, bei den seven sisters. Aber alles etwas in Schwermut getaucht, fand ich.

Gesprochen? Nie. Niemals. Viel erlebt? Das macht ja nichts, wenn man darüber sprechen kann. „Worüber man nicht sprechen kann, darüber muss man schweigen", heißt es irgendwo, bei wem? Sind wir deshalb so stumm, weil wir über vieles, was uns quält, nicht sprechen können? Das ist hier die Frage, die sich mir heute, am 10. April 2022, stellt.

Wir hatten nichts
und machten alles.
Sie haben heute alles
und machen nichts.
Wir hatten „wir" im Kopf
jetzt nur noch „ich".

14. August 2021

Gestern, 13. August 2021
Gedacht, ich sterbe.
Keine Luft.
Schon wieder wie in einer Gruft.

Heute, am 14. August 10.00 Uhr zurück vom Ein-
    kauf:
zwei Flaschen Wein, Melone, Schinkenwürstchen
Pfirsiche.
Schon zweimal die Backschüssel vorgeholt.
Soll ich oder soll ich nicht –
Backe, backe Kuchen ...
Früher eine meiner Lieblingsbeschäftigungen,
seit Ewigkeiten tote Hose.

Liegt es daran,
dass ich nicht 90 % vom Kuchen verteilen kann?
Mir reicht das erste warme Stück davon,
und der Rest kann verteilt werden.

Eigentlich ideal für mich.
Dränge ich mich auf,
wieder lieb Kind machen?

Was war das denn?!

Statt Katzenjammer Lust auf Star
in der Nacht vom 1. auf den 2.
Im weißen Bademantel
serviere ich mir
Krabben, Käse, Roggenbrot,
und die weißen Hosen sind wundervoll,
warm, trocken, als ob man geboren wurde.

Für mein bestes Stück

Bist du hier
bei mir,
gutes altes Stück?
Warst mein Kummer
warst mein Glück,
liebes gutes altes Stück.
Bist du bei mir?
Der Himmel so blau,
ich so blöd
und du so schlau,
und diese Diskrepanz
machte einen Tanz
zwischen uns unmöglich.

Aber wenn alles durchlitten
einigem Bitten
wurde möglich,
was vorher undenkbar war.
Also:
Hallelulja!

10. Juni 2022

Um zwanzig vor neun vom Einkauf zurück. Sommer, Sonne, Salat(e) in Variationen. Noch nie habe ich mich selbst so gut versorgt.

Erdbeeren! Einfach toll. „Renaissance", sagte der Mitfahrer hinter uns im Bus (Könemann und ich nach Prag), könne er schreiben. Wir lachen, aber später frage ich mich, ob ich es schreiben könnte. Könemann, die Lehrerin, leise zu mir: „Ich weiß gar nicht, ob ich das richtig schreiben kann." Muss gleich mal nachsehen gehen. Jedenfalls bedeutet das Wort Wiederkehr der Antike. Auf mich bezogen, was ich vergessen hatte, entdecke ich neu. Das Geschenkte im Leben, was das Kostbarste ist.

Gestern Anruf von solch einem Betrüger, der Geld haben möchte, um meinem Sohn bei einem Unfall Soforthilfe leisten zu können. Von der „Polizei". Ich merkte den Schwindel gleich, musste aber nach dem Anruf sofort die Nr. von H. wählen, um mich zu überzeugen, dass dem nicht so ist.

Beim Schneiden des Salates immer wieder die Assoziation: Omas Dranktonne vor dem Stall, wo auf dem Brett, das darüber lag, das Grünzeug für das Schwein geschnitten wurde. Gleiches Geräusch: Melde, Brennnessel aus dem großen Garten, was da reichlich am Misthaufen in der Ecke wuchs.

11. Mai, Sonntag

Mit Goethe nach Italien: u. a. Padua. Annemarie und ich. Wie immer eilig auf der Suche, was nicht nötig ist. Heute aber nach Ängsten in der Nacht früh mich aufgemacht und den Mardersee (mit Gehwagen) umrundet. Die Rehe gesehen. Badefreudige schon im Wasser und einige mit Rädern auf dem Wege dahin. Wie ich noch vor einem Jahr.

Ich war mir immer bewusst, dass ich Glück hatte.

Jetzt Pfanne mit Chicorée, Frühlingszwiebelchen, Schinken. Drei Kartoffeln aufgesetzt, mich gewundert, wie sorgfältig ich mich verpflege. Also auf nach Italien!

„Alles wird gut", steht auf dem Kalenderblatt.

Heimsuchung

kann man so oder so verstehen
auf der Suche nach einem Heim sein
oder aber man wird heimgesucht
von Geistern, die sich bei einem selbst heimisch
    machen wollen.
Sollen sie aber nicht
doch wie Motten um das Licht
geben sie nicht auf
bis ich nachgebe.

Jetzt erst lerne ich
nach mehr als fünfzig Jahren,
dass man das sollte.

Was tun, wenn das Herz zerbricht?
Bist du ein Unmensch? Doch nicht,
aber hättest du gewusst, was du da nicht wissen
    konntest,
wie alles kommt,
vielleicht hättet ihr ziehen geholfen
zurück, um nicht auf der Flucht abhandengekom-
    men zu sein.

Und wir, wurden wir froh?
Schliefen wir heute besser?
„Gott bewahrt alles", steht am Seitentor. Tritt ein,
    gib der Versöhnung eine Chance.

Sonntag, 6. Juni 2021, 9.35 Uhr

Mir fällt meine Zeit als Schülerin ein. Praktikum in der Frauenklinik, die damals noch am Kanal war. Nach der Geburt wurden Babys und Mütter getrennt. Nach der Geburt bekam die Mutter das Kind erst zu sehen, wenn es gewaschen, in Windeln und stramm in eine Lure gewickelt worden war, und es ihr in den Arm gelegt wurde. Die Kinder wurden von uns zum Stillen in die Zimmer der Mütter auf Bahren, auf denen sie aufgereiht lagen, verteilt und wieder abgeholt und zurück in ihre Bettchen gebracht. Wenn die Väter kamen, wurde ihnen zu bestimmter Besuchszeit hinter der Tür bzw. vor der Tür durch die zurückgeschobene Gardine der neue Familienzuwachs gezeigt.

Zu meinen Kindern dort gehörte eines, das behindert zur Welt gekommen war. An einem Beinchen war der Fuß gleich unter dem Knie gewachsen. Wie mich das beschäftigt hat! Keine Erklärung, nichts. Nicht von der Stationsschwester, nicht vom Arzt.

Meine Tochter kommt auf die Welt. Nach der Geburt bekomme ich sie zum ersten Mal zu sehen, als sie, wie gesagt, eingewickelt, stramm verschnürt war. Ich, traumatisiert aus meiner Lehrzeit, versuche zu ertasten, dass in dem Eingewickelten alles vorhanden ist.

Heute frage ich mich, warum fragte ich nicht, bat, mir das Kind nackt zu zeigen. Also, feige war ich schon immer.

Erst ein paar Tage später traute ich mich, heimlich rasch das Bündel auszupacken und mich zu überzeugen, alles ist dran. Also, wenn Fortschritt entstanden ist, dann auf diesem Gebiet. Mutter oder Mann können bei der Geburt dabei sein, nackt wird einem das noch Ungewaschene auf die Brust gelegt und die Kinder bleiben der Mutter nah.

Braucht man da noch eine Erklärung, warum die Beziehung heute zwischen Müttern und Töchtern meiner Generation so schwach entwickelt war? Niemals war es mir, bis heute nicht, möglich, darüber zu sprechen, niemals die Pein, die mir das bereitete. Keine Sprache, bis heute. Warum war ich so gehemmt? Da lebte doch meine Mutter noch. Ein einziger Krampf.

Gefragt wurde ich von beiden Seiten nicht. Eigentlich gravierend für mein ganzes Leben, das fraglos „schief" verlief.

3. Juni 2021

Könnte besser gehen. Kann kaum der Versuchung widerstehen, nicht ständig in die Horizontale zu gehen, oder waagrecht! Was ist das, wenn man liegt. Sehr schwül. Atemnot! Brauche ich noch eine Aufgabe? Wenn ja, welche?

Ohne Genuss
esse ich nur, weil ich muss.
Corona hat, was noch Freude macht,
zunichte gemacht.

29. Juni 2022

Die Hitze bringt mich auf Hochtouren. Ich könnte pausenlos was von mir geben und möchte alles festhalten. Gestern der „Privatbesuch" der einen Schwester. Was mir dazu einfiel danach:

Was mir schon immer zuwider war,
die Frage nach meinem Beruf.
Was soll ich darauf antworten?

Ich muss mir einen Lebensweg erfinden,
den ich für alle Fälle wie diesen
bereithalten kann.
„Die meisten Menschen machen sich eine
    Geschichte,
die sie dann für ihr Leben halten, und versuchen,
sie auf Teufel komm raus umzusetzen."
So ungefähr Max Frisch.
Also: Ich habe Logistik studiert,
lernte meinen Lebenskahn durch alle Untiefen zu
    steuern.
Leben auf „kleinstem Raum".
Privilegiert.
Alles ohne Abitur.
Nur Makulatur.

Die Dame fand es bei mir sehr klein und „sparta-
nisch"! Stimmt alles. Dem kann ich nichts hinzufü-
gen. Nur priviligiert.

Ich, „kein Abitur, alles nur Makulatur". Weiß
ich wohl.

Mann und Frau

Brecht würde sagen:
„Herz haben sie keines,
aber schwache Nerven."

Für: Du weißt schon wen.
Der Aufstand der Alten,
der noch nicht Kalten,
bringt die Brut in Glut,
in die kräftig geblasen wird.
Friss Vogel oder stirb!

Die wollen aber nicht, weil
die Rechnung hier nicht stimmt,
sie wird,
friss Vogel oder stirb,
ohne den Wirt gemacht!

„Der Mann soll in den Stürmen des Lebens
wie der Eichbaum steh'n,
um den die Frau, dem Efeu gleich,
schutzsuchend sich rankt."
Daran krankt es.

Der Efeu hält die Eiche aufrecht,
will mir scheinen.
Es wäre zum Weinen,
wäre man nicht rechtzeitig wach geworden.

Archiv

Wem übergebe ich mein Archiv?
An Einfällen fehlt es mir nicht,
nur an psychischer Kraft, sie zu notieren,
Und „vernetzen" kann ich auch noch immer.
Auf neu ausgedrückt: logistisch.
Auf dem Herd: Osso buco.

Wieder mal

Wieder mal
hatte sie auf den Bruder
in der Ferne gebaut,
was sich als falsch erwies.
Der Nachbar in der Nähe
wäre richtiger gewesen.

Und davon gab es nicht nur einen.

Donnerstag, 8. Juli 2021

Denkwürdiger Tag. Zwölf Uhr.

Wetter: leicht verschleierter Himmel, Sonne mal ja, mal nein. Ich, bedürftig, schiebe den Rollator durch diesen stillen Morgen. Ich werde noch zum Fußballfan. Gestern spielte England gegen Dänemark. Aber für mich zu spät. Heute nichts in der NWZ, nichts im Radio. Ich frage M., Nachbarin. No Problem, Handy gezückt, Dänen haben verloren. Schade, sage ich, findet sie auch, denen hätte ich den Titel gewünscht. Sie auch.

NWZ: Biermann, befreundet mit dem Ehepaar Merkel, vermacht sein Archiv und seine Tagebücher offiziell der Staatsbibliothek Berlin.

Stille Jahre in Gertlauken hervorgeholt und zum zigsten Male zu Gemüte geführt. Man muss sich auf Bücher einlassen können, alles andere lässt man.

18. September 2021

Wie Schuppen von den Augen gefallen. Ich war schon tot, unglaublich tot. Keine Idee, schon gar keine große und von ihrer Wichtigkeit überzeugt. Das will schon was heißen, oder nicht?!

Kardiologe gestern. Die Tage sind unterschiedlich. Ich. Er, das werden sie auch bleiben. Aber, hurra, wir leben noch, und haben Ideen. „Paar Bücher" will der alte Surminsky noch schreiben, sagt er. Der hat noch Ideen dafür.

Corona

Jetzt kann ich alles kochen,
was mir früher in der Nase widerstand:
Kohl, Hülsenfrüchte, Suppengrün,
Armeleuteessen sagte man.
Erst heute weiß man
„wichtige Energieträger",
notwendig fürs leibliche Wohl.
Mochte ich schon immer.
Nur der Geruch! Hielt sich tagelang,
auch im Kleiderschrank.
Aber jetzt rieche ich nicht mehr,
ein Jahr ist jetzt Corona her.
Nur der Geschmack hat sich, Gott sei Dank,
begrenzt erhalten.

Traumtag, welch ein Glanz liegt über ihm

Umweg nach Hause: Über den Spielplatz, nach fabelhaftem Einkauf, ganz großes Glücksgefühl.

Wirklich, ich habe mir vieles schöngeredet. Kaffee gemacht. *Danke für gestern* sind gekommen, sind abzuholen von der Post. Wie erfreulich. M. W. scheint meine Bücher zu lesen.

Heute geht es richtiger, besser. Triell ist angesagt. Getrennt marschieren, vereint schlagen. Heute backe ich Zwiebelkuchen, werde Pilze kaufen, Weißwurst, Schokolade, saure Sahne, Zwiebeln blau/weiß. Was für ein Sonntag gestern wieder, liegen, lesen, mies. Schweden angerufen, Antwort befriedigend. Sie spricht von Erziehung, die „wir genossen haben". Na, ich weiß nicht recht.

Die Bücher sind da, und ich habe wieder „etwas zu sagen". Ja, was denn? Das Leben ist so und so. Luise mit jungen Brennnesselspitzen hier. Wie viel verdanke ich ihr. Aus der Gerechtigkeit predigenden Person, Querdenkerin, sich lauthals keifend begreiflich bei Demonstrationen hervortut, entpuppt sich jemand, der eine kranke Schilddrüse hat. „Leise, leise, sprach der Meister, und verzog sich."

Alle Trümpfe in der Hand, unerkannt,
erkenn ich jetzt und begreife,
warum ich nicht das Zeitliche segnen konnte.

8. September 2021

Mein Garten Eden

Mein Garten Eden
ist ca. sechs Quadratmeter groß,
hat nicht nur einen Apfelbaum aufzuweisen,
sondern zwei.
Einer ist fünf Jahre alt,
einer zwei.
Als Hubert zugrunde gegangen,
bekam ich ein Zitronenbäumchen,
das noch nie an der frischen Luft war.
Na, die kann ich ihm bei mir im vierten Stock
zur Genüge bieten, und er ist das dankbarste
Gewächs, das ich je betreute,
denn das Gärtnern ist bei mir wie alles andere
   auch:
Ich kann alles, aber alles nicht gut.
Es aber treibt Blätter aus seinen Stacheln,
und meine durch Corona geschädigte Nase
nimmt schon erste Zitronendüfte wahr.
Aus der ersten Frucht wird Kuchen gebacken!
Und ein Fest wird steigen.

Majoran gibt's, Thymian, eine Tomatenstaude, die
als Kern aus der Türkei hier von Luise aufgezogen
meinen Geburtstagstisch schmückte,
Ein Pampasgras hat schon die Höhe zum fünften
   Stock erreicht.

Meine gesammelten Steine, auf allen meinen Rei-
    sen,
geben meinem Garten die künstlerische Note.
    Auch
ein Kübel mit Blumen fehlt nicht.
Statt Schlange entdeckte ich gestern eine grüne
    Raupe,
die ihr Unwesen in meinem Paradies treiben will.
Also das nicht, vernichte mir nicht meine Zitro-
    nenernte!

10. September 2021

Heute gehe ich zu Dr. N. im Auftrage von Luise, ein Rezept für sie holen. Schilddrüsenmittel. Als er mich sieht, kommt er mit ausgestreckter Hand auf mich zu: „Ich bin entzückt, Sie hier zu sehen." Er hätte mich schon vermisst. Na und so fort.

Aber dann fällt mir ein, es mag an der Schilddrüse liegen, dass Luise leicht in Fahrt gerät. Denn eigentlich passt es nicht ins Bild, das sie von sich hergibt.

Aus meinem Versuchslabor:

Erneuter Versuch, aus Zucchinimasse Puffer zu backen. Wieder tritt zu viel Wasser in der Pfanne aus. Auch die Kerne sollten vorher entfernt werden, aber sie sind köstlich. Am besten aus der Hand zu essen.

Anruf von Ruth, die wissen will, was der Kardiologe sagt. Wie es jetzt geht.

Ich:

Ich weiß nicht, was nun besser ist,
drei Pillen pro Tag und röcheln
oder zwölf und mehr Luft.

Dreimal ist Oldenburger Recht! Sagen die Alteingesessenen. Bin ich das nach 77 Jahren geworden, alteingesessen?

Jedenfalls, der dritte Kuchen aus meiner Versuchsküche heute nach der langen Pause von zwei

Jahren. Aprikosen. Die alte Köchin in mir wundert sich, dass es so lange dauert, bis er sich bräunt. Trotz aller Vorsichtsmaßnahmen. Heute will ich alles richtig machen, aber er will nicht. Dann endlich kapiere ich, ich habe das große Blech auf dem Boden liegen lassen, verminderte Hitze also. Ich Idiot. Was ich nicht erwähnte, das passierte mir schon beim zweiten Versuch. Also Hopfen und Malz verloren?

Nein, nein, noch gebe ich nicht auf.

18. August 2021

Gestern am Nachmittag kam die Wende, mich aufgerafft, Möhren gekocht und gekeucht und dennoch Leben gespürt. Heute gebacken!! Haferflockenkekse, alles Bio Bio.

Es läutet an meiner Tür

Es läutet an meiner Tür.
Ob ich nicht leiser sein könnte
(ich bekomme einen neuen Fußbodenbelag),
der Vater liege im Sterben.
Aber selbstverständlich.

Als ich tags drauf die Treppe runtergehe,
steht der Todeskandidat im Nachthemd
in der halb geöffneten Wohnungstür
und nimmt einen vollen Bierkasten in Empfang.
Diese besserwisserischen Töchter!

Aber nach wenigen Tagen lese ich in der Zeitung,
er hat das Zeitliche gesegnet.
Ich liebe das,
was im Abgang noch rebelliert.

2021

Sonntag, 26. Juli 2021

„Die alte Garde stirbt, aber sie ergibt sich nicht."
Wir sind drei Todeskandidaten im Haus. Gestern
treffen sich zwei davon. „Keine Zeit zum Philoso-
phieren", sagt H. S., er muss zum Arzt.

Einer hat sechs oder sieben Stents gesetzt bekommen und ist auch nicht mehr so gut zu Fuß.
Dabei, ein Wandersmann. Warum hört alles so
schlagartig auf?! Na, und ich mit meinem Schlich,
der mich heute aber um den Badesee führte.
Manchmal will mich aber der Mut verlassen. Übri-
gens, der das Wort von der Garde sagt, soll einer
von Napoleons Generälen gewesen sein, Cam-
bronne in der Schlacht von Waterloo!

Na, wir schlagen unsere.

12 Puffer verdrückt, gleich aus der Pfanne, im Stehen am Herd. Keine Manieren. Viele Gedanken
über Leben und Tod, für beides ist zu danken.

59 Kilo.

27. Juli 2021, kurz vor eins

Jetzt setze ich meinen alten Holzlöffel in Aktion und wälze vorsichtig um die Melange aus Möhren, Paprika, Kartoffeln, Zwiebelchen und Tomatenmark. Noch zwei Scheiben Raclettekäse darauf, „Original" aus der Schweiz, und schon frage ich mich in meiner Hochform:

Brauche ich denn diese Krise unbedingt
für den Rest meiner Reise in die Nacht?
Kommt auf die Sichtweise an.
Ein Weiser kann auch noch anders leben,
dafür hat es den Verstand gegeben.
Du musst lernen,
nicht zu vegetieren,
sondern den letzten Funken noch zu spüren.
Na, denn mal los.

Ich wäge die Lanze und kämpfe allein, da kommt mir Wolfgang W. in den Sinn. Den musste ich erst zum Tanzen bringen. Koche Huhn mit Kohl, ein Essen, das ihm den Rest gab. Ich kann auch mit mir alleine tanzen, aber H. und Ruth auch, tanzen mit, wenn ich auffordere. „Un he danzt ganz alleen up de achtersten Been." In the kitchen.

Todeskandidaten

Ich, der letzte der Mohikaner,
fungiere als Spaßmacher.
Ob am Telefon, oder auch so,
kann sich mein Gesprächspartner
vor Lachen kaum einkriegen.
Woran liegt das, frage ich mich,
was ist denn so komisch an meiner Sprache?
Bin doch nicht Heinz Erhardt
oder sonst ein Entertainer,
der sein Publikum auf Teufel komm raus unterhal-
ten muss,
sich ständig den Kopf zerbrechen muss,
um irgendwelchen Unsinn-Sinn zu produzieren,
damit es was zu lachen hat!
Wie starb er?
Ich glaube, er flüchtete sich in die Demenz.
Ob dann Ruhe einkehrt?

August 2021

Das Hochzeitsbild

Ich bekomme ein Hochzeitsbild gezeigt. Die darauf
Abgebildeten stehen heute am Ende ihres gemeinsa-
men Lebens. Palliativmedizin ist angesagt beim
Bräutigam, der auf dem Foto als junger Mann mit
Zylinder abgebildet ist. Flott schaut er aus, „wie
vom Zirkus", sage ich zu der gealterten Braut. „Wo
ist der Zauberstab?"

Sie sagt und lacht dabei: „Zauberstab? Heute
nur noch ein Stöckchen, kaum zu finden." Wir lachen beide, oh Gott, wir lachen.

Auf dem Foto sieht sie ihn von der Seite an.
Glücklich? Weiß ich nicht, müsste ich nachfragen.
Der Ton ist scharf geworden zwischen ihnen.
Nichts mehr von Innigkeit,
alles wie weggeblasen.
Warum, warum, wo ist es hin?

Es klopft an meiner Tür

Davor Robert, mein Nachbar:
„Ich habe Ihnen was mitgebracht."
Ich bekomme eine Tüte
mit einer Flasche „selbstgemachtes Kürbiskernöl",
Paprika, spitz und andersformig,
grün, gelb, rosig und rot,
auch eine Gurke ist dabei,
aus der ich heute Schmandgurke machen werde.
Eine Spezialität aus meiner alten Heimat:
    Ostpreußen!
Ich hole meine schönste Schüssel hervor,
in die die Köstlichkeiten hineinkommen.
Wie das duftet!

Wissen wir überhaupt, was wir wirklich verloren
    haben?

Und was besonders mein Herz erfreute:
Der Großvater brachte dem Enkelchen,
das er zum ersten Mal zu sehen bekam,
bei, dass Großvater auf Kroatisch Djed heißt!
Gott, ist das alles wunderbar,
wenn man von der richtigen Seite kommt!
4. August 2021

Der Geburtstag der „Queen" rückt näher

Ich will wissen, ob was geplant.
Empfang oder so.
No.
„Englische Manier", ein Band an der Tür,
auf das Glückwunschkarten geklebt,
zur Ansicht, von Menschen,
die früher an solchen Tagen ganz real erschienen.
Gestylt, mit Blumen in der Hand,
in Erwartung von ein paar netten Stunden
unter Freunden.
Also noch geplant, gebacken, gekocht, gebraten,
Getränke kalt gestellt wurden.
Der Hausherr eine Fliege trug und den Diener
    machte.

Wo ist das alles hin? Wie kommt es,
dass heute jeder nur seine Ruhe will,
alleine essen will und trinken auch.
Liegt es nur an den Pillencocktails, die wir alle
    heute schlucken?
Sie sich nicht mehr vertragen mit den Köstlichkei-
    ten im Magen?
„Über allen Wipfeln ist Ruh' ..." (Goethe)

P.S.: Aber ehrlich gesagt,
vielleicht sind wir ja heute nur ehrlicher,
denn so doll war manches weiß Gott auch nicht,
wenn die Nachbarin einfach nicht gehen wollte,

am „runden Tisch" sitzen blieb und solange trin-
    ken wollte,
bis er „eckig" war. Ich einmal vom Stuhl fiel,
weil der eckig war und ich dachte, er sei rund.
Begebenheiten, über die gelacht wird, noch nach
    Jahren.
Ich richtete das Fest für die anderen aus,
wusste, was er am liebsten aß und trank,
hatte selbst kaum Genuss von dem,
was ich mit Lust besorgt hatte.

Nur wenig rettete ich von dem Elan, der mich
zuvor so beflügelt hatte, wenn „es gelaufen war",
ich wieder hoch kam vom Verabschieden am Taxi,
in die verqualmte Bude. Könnte ja mal diskutiert
werden, oder?

27., Sonntag

Zehn nach elf. Ich voll im Gange. Am Herd, da drauf zwei Pfannen, um das Gemüse zu braten, aufzupassen, damit es die richtige Bräune ansetzt. Würzen mit Muskatnuss, die vor Urzeiten H. aus Kuba mitgebracht hat. Längst das Mindestdatum überschritten. Aus dem Land, wo die Alten „schöne Gesichter" haben. Glaubte ich sofort, die haben wir hier nicht. Hier sehen die Alten fast genauso aus wie die Jungen, allein schon die Kleidung kennt keinen Unterschied.

Ich gehöre noch zu denen, die eigentlich mit Pfeffer und Salz auskommen. Mehr auf den Eigengeschmack der Lebensmittel vertrauend. Wenn ich meine „Plattform" hätte, man mich in meiner Küche wirtschaften sehen könnte, ich meine Follower hätte, wo ich mich darstellen könnte, am Herd mit den Schätzen, die mir zur Verfügung stehen, würzen könnte mit meinen Sprüchen, Picasso ins Spiel bringen könnte, der rät, wenn man vier Farben zur Verfügung hat, nur zwei anzuwenden, das wäre doch was! Oder etwa nicht? Aus nuscht kleine Zwerge backen können, hieße die Sendung, Aber ohne Gast, bitte schön.

Ich wäre der Star und Stern der Stunde am Herd!

1. März 2022

Wieder zugenommen, obgleich zusammengenommmen. Deshalb, mehr Bewegung, Frau Bethke, runter vom Sofa, Schluss mit der Leserei. Kuchen gebacken, statt vier, ein Ei und statt Pulver, Hefe. Fenster geputzt, gestern das zum See, heute Balkontür und Fenster. Alles klar?

Je länger man vor der Tür steht, desto fremder wird man, habe ich gelesen. Je länger man nicht spricht, desto stummer wird man. Das ist von mir.

Wir sind schon viel zu lange vor der Tür gestanden. Damit man nicht verzagt, bedarf es manchmal fremder Töchter. Schluss, hör schon auf.

Morgens notiert:
Wir bleiben, was wir sind,
ob man dazugewinnt,
weiß ich noch immer nicht.
Jetzt beginnt die Zeit,
subjektiv zu berichten,
aufs Negative zu verzichten.
„Suchen Sie sich das Beste heraus."

Morgens der Kampf, ins Tagesprogramm zu finden. Zwei Seiten abgeschrieben. Am 4. Mai höre ich auf, dann ist das Jahr nach der Krankheit, die bis heute anhält, rum. Reichlich. Es war, bin ich heute drauf gekommen, ganz einfach mein Burn-out.

Der Herbst war immer meine Zeit

Gestern, Fünf-Gerichte-Tag
(davon vier schon verdrückt).
Gestern gut drauf,
heute liegen schon seit halb elf.

Morgens Schwester:
Es sei im Nebel gefährliches Fahren gewesen.
Woher sie denn käme?
Aus Wardenburg.

„Gibt es auf der linken Seite
noch den Kürbisbauern?" „Ja."
Das war mein Weg in dieser Jahreszeit.
Im Geiste wandere ich durch die ausgestellten
    Früchte,
bis ans Ende des Feldes,
wo der Ausschuss liegt.

Man kann sich davon nehmen,
so viel, wie man will.
Ich will immer,
und immer reichte der Fahrradkorb nicht aus.

Unter dem Ausschuss lerne ich Arten kennen,
die ich mir niemals gekauft hätte.
Gab es sie früher auch schon?
Nein, ich glaube nicht,
es gab nur die Gelben Riesen.

Die aber verstanden, eingemacht,
wie Bernstein im Glas zu funkeln
und einmalig köstlich mundeten.
Der Herbst war immer meine Jahreszeit.

3. Ostertag 2022

Wie pervers werden sich Kriege noch entwickeln. Gestern im Fernsehen wird ein Mädchen gezeigt, das sich selbst beim Fallen der Bomben filmt und das ins Netz stellt. Nennt man das Posten?

Haben die Feinde von heute vergessen, dass sie gemeinsam auf uns, die Flüchtlinge, Zivilbevölkerung, mit Flugzeugen Jagd machten, und, die im Graben Schutz gesucht hatten, beschossen aus der Luft und auch vom Lande, uns zuletzt überrollten im wahrsten Sinne des Wortes?

Weil Kameras, in diesem Falle Handys, unbekannt, zeichneten unsere Gehirne alles auf, was unbeschreiblich war.

Was du dir für Gedanken machst!

Ja, wer sonst, frage ich. Sollten wir alle nicht lernen, die Sensibilität zu entwickeln für das, was man nicht sagt?

Weil wir kriegsähnliche Zustände haben, gibt es heute Reis mit Möhrchen „aus der Region" mit Leinöl aus dem Spreewald. Es gibt kein Mehl zu kaufen, und was Klopapier mit der Ukraine zu tun hat, entzieht sich meiner Kenntnis. Nudeln gibt es auch nicht, und die Regale, wo das Öl sonst steht, sind leer. Kartoffeln, die mir als „Volksnahrung" lieber sind, astronomisch teuer. Warum, frage ich mich, werden keine Lebensmittelkarten eingeführt, damit die Alten und Kranken ohne Not zu ihrem Anteil kommen könnten. Die Ukraine war schon

Hitlers Kornkammer. Manches kommt mir sehr vertraut vor.

Der Reis ist gar. Das Kochwasser hebt man natürlich auf wegen der Nährstoffe, die darin enthalten sind. Man trinkt es oder verwendet es für die Suppe am nächsten Tag. So machte es die Hausfrau im und nach dem Krieg und ich, heute noch.

Nach Ostern

Wenn zu allem die Freude fehlt, ja, die Kraft zur
    Freude,
hilft alles nichts.
Verloren.

Es gibt Tiefen, die nicht auszuloten sind.
Unfähig. Die Luft ist raus.
Einsamkeit, Klimawechsel auch im Organismus?
Zeit. Zeitzonen auch im Leben?
Zuletzt das Alter?
Heute Möglichkeiten genug: Heim, dies oder das,
    weil alles verloren,
ist noch nichts gewonnen.
Und merke,
hast du keine Rücklagen gebildet
in Form von lebens-liebenswerten Erinnerungen,
die du weitergeben kannst, willst,
bist du schlecht dran.
Mit ausgestorbenen Märchen kannst du keinem
    mehr kommen
und auch Gute-Nacht-Liedern nicht.
Ein „kranker Nachbar" bringt heute keinen mehr
    um den Schlaf.
Mich auch nicht –

Jetzt aber hast du, was bisher nur erahnt,
erfahren. Es ist, wie wenn man lernen muss,
zum ersten Mal Feuer gemacht, es entzünden.
Dazu gehören Späne allerfeinster Art.
Pusten muss man können, (abermals) in die fein
    geschichteten.
Ein winziges Fünkchen, bisschen Qualm, ein
    Säuseln nur,
das erste Flämmchen
wird Grundlage sein
für die richtige Temperatur.

Es muss nicht immer Aprikosenkuchen sein.
Flammkuchen geht auch. Dazu passt Apfelwein.

Man kann es auch so sagen:
Ich komme mir vor wie einer,
der alle Stützen entfernen muss,
damit der Hauptstamm frei stehen kann.
Endlich
fest und Freitag allein für sich
als Privates im Anonymen.

8. April 2021

Der Stolz der Hausfrau war schönes Geschirr, Gläser aus Kristall, Bett- und Tischwäsche, Silber. Nie eine Decke auf den Tisch, die nicht durch die Mangel gegangen war. Silber, nie ungeputzt aufgelegt.

Das war die Zeit nach dem 2. Weltkrieg. Sechs Jahre in der Dunkelheit, sechs Jahre Kindheit mit Verdunklung und Angst und Schrecken. Jetzt aber begann das Wirtschaftswunder, und das genossen wir. Und wie!

Heute von der Post kommend, ein Korb an der Straße mit Sammeltassen. Kostbarkeiten eigentlich. Aber es sind auch zwei Tassen mit Untertassen dabei, mein Design, dünnes weißes Porzellan mit oben blauem, schmalem goldeingefasstem Rand. Schlicht und schön. Davon besaß ich das gesamte Essservice mit allem Drum und Dran: Terrinen und Platten, groß und klein. Und auch das Kaffeegeschirr. Ein Vermögen wert.

Wie blöde war das denn, frage ich mich heute. Und doch war es schön. Man hatte nicht nur ein Geschirr, man hatte ein gutes für Fest- und Feiertage, das Alltagsgeschirr. Friesland hieß ein irdenes, stabil in wunderbarem Blau, alle Kannen eingeschlossen. Dazu die Blaudruckdecke aus Leinen in der Färberei Leer erstanden. Im Krug Kornblumen! Ein Gedicht, wenn eingedeckt. Na, von dem Meißener, das auch Realität werden musste – „Aus der Ehe konnte ja nichts werden", sagte der Berliner, der der Meinung war, „die Frau konnte ja nicht hören".

Die beiden Tassen nehme ich mit. Etwas weiter steht ein Karton auf dem Rasen, schon halb ausgepackt, wieder Geschirr, im Karton noch ein nagelneuer Becher: dick, schwer, neu, aber auch schön anzusehen. Warum man nicht nur einen davon braucht, begriff ich erst spät. Die werden gesammelt und dann alle zusammen in der Spülmaschine gewaschen. Das geht mit guten Gläsern und Porzellangeschirr natürlich nicht. Wer hat denn schon noch Zeit, um das mit der Hand zu waschen! Ich. Ich mache das sogar gern, und beim Polieren freue ich mich über jedes Stück.

Ich mag das heute noch, einen schön eingedeckten Tisch, so mit Damastdecke, Servietten, blankem Silber und eben schönem Geschirr. Zu meinem Lieblingsgeschirr gehörte das Englische. Mit allen Platten und Terrinen das Essgeschirr und das gesamte Kaffeeservice. Alle Kannen, die besonders schöne Formen hatten. Wer braucht denn heute noch eine Kaffeekanne! Becher auf den Tisch, der heiße Kaffee steht in der dazugehörenden Kanne auf der Kaffeemaschine. Praktisch.

Das Leben hat sich vereinfacht, und was soll man auch mit so viel Kram. Das Silber wurde durch Cromargan ersetzt und das liegt schwarz angelaufen in seinen Samtetuis unten in Omas Büfett. Such mal.

Dennoch war die Zeit danach wichtig und gut. Wenn man eingeladen war, konnte man sicher sein, dass dem eine ganze Vorbereitung gewidmet war. Beide Seiten setzten sich in Szene. Ob es immer gelang, weiß ich nicht. Ob ich nochmal mit ihnen würde zechen wollen? Weiß ich nicht.

Mit Lieblingsbier aus Tschechien punkten, Scotch dem Freund?

Na, lieber nicht. Aber neulich am Telefon sagte tatsächlich jemand, dass sie sich so gern erinnert an die Besuche bei mir und wie gut ich sie immer bewirtet hätte. Fand ich sehr nett, eigentlich.

P.S.:
Bleikristall. Kopflastig, schwer, zu schwer, zu viel Protz! Da musste was Neues her. Gral. Hauchdünn mit eingeschliffenem Karo. Das ganze Programm. Eine Bowle mit Schöpflöffel und sechs Tassen mit Henkel, wunderschön. Gäbelchen dazu für die Früchte im Wein. Wo ist das alles geblieben? Wo ist das alles hin? Ein Teil ging nach Schweden, nahm der Enkel großmütig mit. Ein Teil zu Oxfam, etwas behielt ich, Kleinigkeiten. Dazu gehören drei Eierbecher von dem Englischen Geschirr, altrosa wie die Leinendecke aus Oberammergau. Erfreut mich immer noch, weil es „stimmig" ist, wie man heute sagt. Ansonsten bin ich auch moderner geworden, trinke aus dem Becher oft, in den ich einen Teebeutel hänge. Statt Kanne auf dem Stövchen, Teelicht und Kluntje. Weiß aber immer noch, wie es sein müsste. Eigentlich habe ich für nichts gearbeitet, fällt mir viel zu spät ein, oder?

Meine Schrift wird flüssiger, verbindlicher, mehr aus einem Stück. Der Graphologe, meiner, würde das zu deuten wissen und meinen, die notwendige Wiederkehr macht das. Wiederkehr?

4. April 2022

Alles dachte
ich trete ab von der Bühne
ich auch
Pustekuchen
das bestimmt ein Anderer
der sagte
geh erst mal hin und sühne
was Du verbrochen hast

Also, hier bin ich
ich trete noch mal an.

Gab es das mal?

Ich hatte zwei Brüder
Und beide hießen Hans
Einer kam um,
Der andere, der nach mir kam,
Trat, nach getaner Pflicht,
Hin und wieder überfallartig in mein Leben.
Saß auf dem Küchenstuhl, seitwärts, am Fenster,
Kniff ein Auge zu
Und blickte mit dem anderen ins Nirgendwo.
Jahrzehntelang.

Jetzt nicht mehr.
Weil ich auf einmal nicht mehr konnte.
Dabei war es mal anders.
Wie unendlich leid tat mir alles,
Was uns drei betraf;
Unsere Mutter, dich und mich.

April 2022

11. Januar 2022

1955. Nachkriegszeit. Als Flüchtling hier in Oldenburg gelandet. Ich bin 24 Jahre alt, habe Familie und wir wohnen in einem Behelfsheim, Baracke aus Holz, am Westfahlendamm, vor der Schleuse unten rechts. Winter. In der Bude ist es genauso kalt wie draußen. Das Wasser ist im Eimer zu einem Eisklumpen gefroren und muss erst aufgetaut werden, damit man sich waschen und was Warmes zum Frühstück zubereitet werden kann. Dazu aber erst Feuer im Herd anzünden. Man braucht schon einiges Geschick und Puste, damit es wird.

Is ja gut, komm endlich zur Sache. Also, Kinder aus dem Bett. M. ist vier Jahre alt, M. neun (Bruder). Brotschmieren für Hort und Kita, für mich. Zieht euch warm an! Monika sitzt vor mir im Kindersitz auf dem Rad. Es hat gefroren, leichter Pulverschnee bedeckt den Boden, nichts deutet auf Glätte hin. Erst die kleine Anhöhe raufschieben, dann los. Bis zum alten Osternburger Kanal geht alles glatt. Dann muss man gleich hinter der Brücke nach rechts die Böschung runterfahren, um auf den Radweg am Kanal zu kommen, der geradewegs nach Kreyenbrück zu den Kasernen führt, wo unser aller Ziel ist. Meine Arbeitsstelle, Kinderhort und Kindergarten.

Als ich die Kurve gekriegt habe, geht hinten das Rad weg. Es ist glatt! Es gibt kein Halten, ich rutsche auf den Knien, das Rad vorne hochhaltend, damit das Kind nicht fällt, bis auf den unteren Weg. Nochmal gut gegangen. Die Hosen sind durchgescheuert, die Knie blutig und voller Steinchen und Sand. Macht nichts. Der Arbeitskittel verdeckt die kaputte Hose, und den Rest mach ich in der ersten Pause, so gut es geht, in Ordnung.

Manchmal frage ich mich heute, wie hat man das alles nur ausgehalten, und der Schreck steckt mir heute noch in den Knien. Mir drängt sich die Frage auf, vielleicht versagen sie mir heute den Dienst, weil sie so strapaziert wurden. Auskurieren? Damals gab es für die ersten drei Krankheitstage kein Geld. Wer konnte sich das schon leisten?

Unser Waterloo

An uns wird nicht mehr gespart,
sagt der Todeskandidat
zu seiner Frau
und lässt sich zum Frühstück nieder
am Tisch, der reichlich bestückt,
vielleicht wie nie,
und von dem der Morphinist,
zu dem er geworden ist,
nicht so schnell sich erheben wird.

Ich aber bin froh,
wenn ich Hilfestellung geben kann,
und hole alles ran,
wessen das Herz begehrt.
Vielleicht ist das ja meine Aufgabe:
helfen beim Widerstand,
durchhalten. Auch das ist Leben,
denke ich, oder denke ich falsch?

Was heißt hier Schäfer

Der Student ist gefragt,
der komplizierteste Fragen
beantworten kann.
Joel, also ran!
Und lesen kann er auch.
Eines Tages, wenn ich berühmt sein werde,
kann er sagen,
Von der habe ich einmal Kuchen gegessen
und mein Hund bekam einen Knochen.

April 2022

Mir fällt Frl. Posselt ein: Ich bin umgeschult worden. Meine Mutter will, dass aus mir was wird. Englisch ist angesagt. Frl. Posselt wird meine Lehrerin dafür. Was sie vorher anhatte, bevor sie in mein Bewusstsein trat, weiß ich nicht mehr. Erst durch das schwarze Kleid wurde sie mir bemerkbar und unvergesslich. Es hatte einen Kragen, ein Schößchen und viele Knöpfe, die wie eine Leiste bzw. Borte den Kragen, das Schößchen, das Oberteil schloss. Und da, jetzt kommt es, da wo ihre Brüste waren, sah man sie, Knöpfe. Mich hat das wahnsinnig beschäftigt. Wieso, weiß ich bis heute nicht, das ist mehr als achtzig Jahre her! Und das Kleid meiner Verkäuferin von heute Morgen weiß ich nicht mehr? Nein.

Als der Film „Modern Time" mit Charly Chaplin gegeben wird, er am Laufband mit einem Schraubenzieher arbeiten muss, und das immer schneller wird, kommt er so in Fahrt, dass er durchgedreht wird und immer noch mit seiner Drehbewegung allen Vorübergehenden mit dem Schraubendreher Knöpfe von der Kleidung abdrehen muss. Was fällt mir dazu ein? Posselt!

Was fällt mir ein, wenn ich auf einem Biedermeierstuhl die Seide mit einer scheinbaren Knopfleiste, hier sehen sie wie Nägel aus, befestigt sehe. Posselt. Ach, nun hör schon auf. Aber auch fällt mir ein bei ihr: „Christel, man geht auf der linken Seite des Erwachsenen", und wenn der Betreffende dabei mehr der Gefahr ausgesetzt ist, gilt rechts. Sie wohnte an meinem Schulweg und ich ging ihn, wenn ich auch nicht musste, lieber. Vielleicht sogar, um sie zu treffen? Heute, achtzig Jahre später, fällt mir der Begriff „devot" auch zu meinem Betragen damals ein, und das blieb mir bis heute.

Die Flucht kam, Kriegsende, nichts war zu Ende geführt worden, alle Anfänge ohne Resultat. Ich wollte auch Geld verdienen, etwas ausgeben können, uns was leisten können. Meine Augen hielt ich trotz Müdigkeit auf, und heute frage ich mich, warum es so lange dauerte, bis mir klar wurde, hier schon gingen zwei getrennte Wege. Einer wurde Boss, einer wurde Untertan. Gewerkschaft? Betriebsrat? Sprecherin für die Arbeiterinnen? Krach ohne Ende, dann ist man hier am falschen Platze. Er residiert auf einem Gelände mit Teich und der schönsten Villa (Jugendstil). In der Garage schon der erste Stern.

Wir haben unseren Fahrradschuppen neben der Fabrik, in der noch Handarbeit gefragt ist und man genug Knoten machen muss in der Stunde, sonst gibt es Ermahnungen. Das Geld reicht auch schon für ein zweites Grundstück, auf dem ein Haus gebaut wird für alle Fälle. Motto: „Wir sind alle eine Familie." Willi öffnet mir die Augen: Schon mein Vater war Sozialdemokrat. „Das Haus, was dort gebaut wird, gehört eigentlich euch! Den Arbeiterinnen." Als jemand darum kämpft, ins Angestelltenverhältnis zu kommen, setzt das ein, was heute Mobbing heißt.

Aber heute höre ich, dass es die Schwestern auch nicht leicht haben. Eine sagt, wenn sie nach Hause kommt und die Kinder überfallen sie mit ihren Forderungen, der Mann auch nicht die Stütze bildet, die sie sich wünschen würde, schließt sie sich erstmal auf dem Klo ein!

Hinter mir geht die Sonne auf. Es ist 7.40 Uhr. Muss mal sehen, was die Entenkeulen kosten. Könnte mir doch welche leisten, oder? Disponentin! Ich war und blieb feige, und wenn ich meinen Mund aufmachte, war es zu spät.

Der Ring schließt sich

Zur Zeit meiner jungen Ehe gab es Menschen, heute würde man solch einen „Stalker" nennen, der mich im Blick hatte. Plötzlich stand er auf der anderen Straßenseite und glotzte herüber. Stierte, ich kapierte nichts. Werner, an meiner Seite: „Dort drüben steht dein Freund."

Dass das auch unheimlich war, begriff ich naive Nuss nicht. Mein Leben lang flogen Gestörte auf mich, liebten mich, grüßten schon aus der Ferne, strahlend. Berührungsängste von ihrer Seite aus, keine.

Bei H. war es genauso. Ob es an der Anstalt lag, wo „Omchen" in der Küche das Zepter schwang und sie die ersten Jahre ihrer Kindheit verbrachte? „H., ich liebe dich. Willst du mit mir tanzen?" H. wollte. Ich liebte sie dafür. Wie ich sie bewunderte, wenn sie sich mit einem von ihnen beim Sommerfest drehte und sich in Schwung bringen ließ. „Ist er nicht süß", fragte sie mich verstohlen. Immer machte sie eine gute Figur. H., danke für gestern. Du warst eine Bereicherung meines Lebens.

Aber zurück vom Damals. Hier gibt es auch solch einen „Verehrer" meiner Person. Meistens ist es morgens, wenn wir uns begegnen. Er wahrscheinlich auf der Suche nach Leergut, ich, weil ich morgens am besten mit dem Rollator kurven, ich mich auch noch als Teil des Ganzen fühlen kann, wenn die Schüler unterwegs sind, die Menschheit ihren Tätigkeiten, d. h. den Forderungen ihres Tages nachgeht.

Mich sehend, wechselt mein jetziger Verehrer sofort auf seinem Rad die Straßenseite, bremst neben mir und guckt. Erst auf mich, dann auf meinen Rollator und bemerkt jedes Mal: „So ein Rollator ist doch ein feines Ding." Als ob dieses Gefährt ihn mir nähergebracht hat, etwas Gemeinsames uns verbindet. Was hier aber nun für Kräfte mitwirken, weiß ich nicht. Der Mensch, nicht unangenehm, ich kann nicht sagen, verwildert oder so, „beileibe nicht", würde mein Sohn sagen, der da neben mir bremst, erinnert mich an meinen Freund Klaus und seinen Chef, den Kapitän, in einer Person.

Heute treffe ich ihn zweimal. Morgens, ich auf dem Wege zur Post, um eine Sendung abzuholen, und ca. zwei Stunden später. Ich schwer beladen beim zweiten Mal. Im Korb das Bücherpaket, sechs Kilo wiegt der *Dank an gestern* und der Beutel mit dem Fallobst, das ich natürlich hochbeglückt entdeckte, und Zutaten für einen Zwiebelkuchen, 2,8 kg. „So ein Rollator ist doch ein feines Ding." Wirklich wahr. Ich weiß gar nicht, warum ich manchmal verzagt bin.

Zwetschgendatschi

Morgen fahren wir nach Oberammergau, wird beschlossen. Welchen Zug nehmen wir? Den frühen? Der Fahrplan wird gewälzt. Früh, wir wollen früh los, damit es sich auch lohnt.

Ziel ist das Bad, das so wunderbar in der Natur liegt und immer wieder unser Anziehungspunkt ist. Man kann von innen nach außen schwimmen, sich dort von einer der Düsen den krummen Rücken massieren lassen, die Berge betrachten und das Leben genießen.

Mittags essen wir gleich dort. Adje wie immer Reibekuchen mit Apfelmus. Ich opfere mich, nicht ungern, und helfe meinem besten Stück die zweite Weißwurst zu vertilgen, lass mir zeigen, wie man sie entzipfelt, und höre, dass sie bis mittags verdrückt sein muss! Von unserem Tisch blicken wir durch die Glaswand ins Schwimmbecken und freuen uns, dass wir beisammen sind.

Der Weg zum Bahnhof zurück führt wieder an dem kleinen Bach entlang durch den Ort. Am Schild „Frischer Zwetschgendatschi" kommen wir natürlich nicht vorüber. Die Sonne gibt noch ihr Bestes und auch die Wespen. Kaum können wir einen Bissen ohne Gefahr zum Mund führen. Die Luft wird silbrig, die Schatten länger, die Täler dunkler – Blick in den Fahrplan. „Den schaffen wir nicht mehr." Also noch etwas trödeln, am Schaufenster mit den schönen Stoffen stehen bleiben, und auch der Metzger hat was Gut's zu bieten. Auf der Heimfahrt steht Nebel über dem Murnauer Moos, und das Russenhaus erzählt uns seine Geschichte. Die Geschichte von Menschen, die wie wir zu Zugvögeln wurden, bleiben oder nicht bleiben, was nie geplant, wurde Wirklichkeit.

Heute, am 8. September 2021, liege ich und lese in meinem Herbstbuch bei Robert Walser „Sonderbar ist es, dass ich mich auf jede Einzelheit, wie auf eine Köstlichkeit so deutlich besinne. Es muss eine große Kraft in meinem Gedächtnisse sein, ich bin froh darüber. Erinnerungen sind Leben …“

Als die Pflegerin kommt, sage ich: „Ich möchte heute Zwetschendatschi essen.“ „Was ist das denn“, fragt sie. Ich berichte und sage, dass ich ihr das erzählen kann, hat für mich einen höheren Wert als die Dienstleistung. „Manchmal jedenfalls“, relativiere ich schnell. Sie hat aber verstanden.

Er bläst, er bläst

In der Morgenandacht spricht der evgl. Pfarrer in dieser Woche im Radio von *Moby Dick*. „Meisterwerk der Literatur" von Hermann Melville. Kapitän Ahab auf der Suche nach dem weißen Wal, dem er den Verlust seines einen Beines nicht verzeihen kann, er seitdem mit einem Holzbein durch das Leben stelzen muss. Thema soll biblisch sein, höre ich. Wusste ich nicht, und ich höre mit Interesse zu. Heute erzählt der Pastor, dass dieses Buch zwischen seinem Vater und ihm eine Verbindung herstellte: Der Vater las dem Knaben daraus vor. Es war die Erstausgabe des Taschenbuchs von 1870. Der Sohn besitzt es heute noch.

Als der Vater von einem seiner Spaziergänge nicht nach Hause kommt, findet ihn eine Freundin leblos, und den Rest seines Lebens muss er im Wachkoma verbringen. Wenn der Sohn ihn besuchen kommt, bringt er *Moby Dick* mit, liest er dem Vater vor und meint, dass etwas im Vater davon versteht. Kann das sein? Ich glaube schon.

Als es mit der Pandemie bei uns losgeht, hole ich *Die Pest* von Camus vor. Taschenbuch rororo, 1958, schlechte Bindung. Das Buch besteht fast nur noch aus losen Blättern. Am besten, man liest es am Tisch und legt Blatt auf Blatt vor sich hin.

Als meine Kinder „beschäftigt" werden mussten, gehörten Bücher als Erstes dazu. Schon in ganz jungen Jahren. Zuerst *Der Bauernhof* u. Ä., dann

Tschu Tschu, die kleine Lok. Lieblingsbuch. „Geh, hol ein Buch." Damit dann auf Mutters Schoß, und schon ging es los. Niemals wird es langweilig. Wie mit dem Reiter, der irgendwann in den Graben fallen wird. Man weiß das nie! Um interessant zu bleiben, muss variiert werden.

Zuerst sieht man den kleinen Zug allein durch die Gegend fahren, zufrieden seine kleinen Waggons ziehend, fauchend und qualmend zuckelt er durch die Wiesen, bis die Konkurrenz erscheint. Der ICE! Die kleine Lok kommt auf das Abstellgleis in den Lokschuppen, aus dem sie traurig herausschaut. Die Tränen könnten einem kommen. Aber es geschehen noch Zeichen und Wunder. Der moderne blitzende Zug bleibt eines Tages im Tunnel stecken und kommt da alleine nicht mehr raus. Hilfe muss kommen. Und wer kommt? Tschu, die kleine Lok wird hervorgeholt, in Schwung gebracht, angeheizt, der Qualm qualmt wieder und schon sieht man den kleinen Zug den großen aus dem Tunnel ziehen. Triumpf auf der ganzen Schiene!

Für mich ist es immer beglückend, wenn ich einen alten Freund aus der Literatur wiedererkenne und als Familienmitglied einordnen kann. Ob die Hilfe groß ist oder klein, die einen aus der Dunkelheit führt, wir müssen unseren Hilfskräften die Treue halten.

Der Film *Der weiße Wal* wird gegeben. Die Kinder hin. Er muss überwältigend sein. Sie überschlagen sich bei der Schilderung des Inhalts. Erst die Suche nach ihm, seinem Erkennungszeichen, die Fontäne, die er beim Auftauchen vorausschickt: „Er bläst! Er bläst." Wenn er sich endlich zeigt und endlich letzter Kampf zwischen dem Kapitän und seinem Feind, verstrickt, mit seinem Holzbein an den Wal gefesselt, der Untergang. Erschütterung.

Morgen früh darf ich nicht die Andacht versäumen im Radio. Wie der Pastor wohl die Geschichte zu Ende bringen wird? Ich frage die Pflegerin, als sie kommt, ob sie es heute auch noch so halten mit den Büchern.

Sie wehrt gleich ab: „Das macht heute kein Mensch mehr. Viel zu umständlich. Wozu gibt es denn die neuen Möglichkeiten?"

Ein neuer Typ wird verlangt

Jung, dynamisch,
nicht manisch-depressiv,
wie uns der letzte Krieg entließ.
Die neue Zeit erfordert es:
dass man sich in Szene zu setzen weiß.
Man lässt andere für sich kämpfen,
die dreckige Arbeit verrichten,
und fragt sich besorgt,
sind unsere Renten auch sicher?

Wir scheinheiligen Schurken,
gehen wir doch nicht Schwätzern auf den Leim,
denen, die uns in Grund und Boden bombten,
Handlanger zu sein!
Denkt an die Geschichte!

Was haben wir falsch gemacht,
zu sehr auf „Gott" vertraut?
Unsere Worte hätten Bomben sein müssen,
Überzeugungsarbeit nennt man das.
Alles das gab es schon mal.
Auch dies, wie vor 72 Jahren:
Ich habe Geburtstag, will einen Kuchen backen
Es gibt kein Mehl.
Das darf doch nicht wahr sein!

15. April 2021

22. März 2022

Mühsam ist das Leben. Heute fiel mir der Begriff „Schwadronieren" ein. Jeder macht, was er in der Grütze hat.

Wenn du kannst,
ändere deine Gedanken über den Wanst
und auch die Kleidergröß,
das macht dich groß.
Was soll das Lamentieren
über vergangene Pfunde –
hast du sonst keine Sorgen?
Mach dir nichts vor.
Du hast ja recht,
spricht das bessere Ich,
mit 92 solltest du klüger sein.
Vergiss nicht die Lust,
die du noch immer am Essen findest!
Wenn man ins Schwarze trifft, kommt sofort die beleidigte Leberwurst zum Vorschein. Ändere auch hier die Größe, antworte angemessen.
Alles andere lässt
Resümee = Zusammenfassung?

Zurzeit habe ich hellere Gedanken und denke, es ist gut, noch ein Resümee zu schreiben. Es ist neun Uhr und Mutters Geburtstag.
Sellerie und Süßkartoffeln passen gut zusammen.

15. April 2021

Erklärungsversuche
noch und nöcher.
Die Löcher
sind die Hauptsache in einem Sieb.
Ich hab' dich so lieb.

Eigentlich ist hiermit alles gesagt,
wenn einer fragt,
warum du nicht mehr wolltest.
Nun lass gut sein.

Das Leben

Ob das Leben länger erscheint, wenn man keine Verpflichtungen hat?

Rückblickend muss ich denken, dass mein Kümmern das Beste in meinem Leben war, dass das überhaupt zu meiner „Bildung" gehörte und auch, dass die Hilfe zur Selbsthilfe wirklich beiden Seiten Gewinn bringt. Das ist überhaupt das Allerbeste.

Damals

Damals, noch nicht hochbetagt,
hätte ich gesagt:
„Nach der Pandemie
fahre ich zu Annemie."

Heut bringt die Pflegerin Lektüre mit:
Gabriele Münter vom Blauen Reiter,
Murnau und so weiter.
Auch mir fingen schon eine Station vor dem Ort
die Beine an zu zittern.
Und auch mir ist kein Bahnhof lieber als der von
    Murnau.
Danke für alles, liebe Annemarie,
ohne Euch, ohne den Ort, wäre mein Leben
sicherlich nicht so intensiv verlaufen.

4. August 2020

Zwischenruf

Mensch, reiß dich zusammen. Zitronenkuchen in den Ofen geschoben.
Traum in der Nacht endete mit einer Radtour von Barten nach Gedauen. Umgekehrt, von Gerdauen nach Barten, und als ich dort elegant auf dem Marktplatz eine Kurve ziehend an jemanden vorüberfahre, der ein Blatt hochhält. Was steht darauf? Was vom Rückenwind. Wirklich wahr!

Meistens war ich Gastgeberin, selten Gast.

Besser als ein Stück Torte ist eine Tortenschnitte: Vollkornbrot mit Frischkäse und darauf Ananas oder Obst.

Was machst du, wenn du eine Zitrone geschenkt bekommst? Limonade (ich backe einen Kuchen)

Halb elf. Ich hole den Kuchen aus dem Ofen und lasse den Zitronenguss kunstvoll über die Oberfläche sich verteilen.

Möglich, dass ich mehr Sorgfalt aufs Essenszubereiten lege als früher. Kommt durch erzwungenen Hausarrest, denke ich. Was aber für einen alten Menschen passender ist als das ewige Rumkurven.

Am liebsten habe ich es dabei still, ohne Radio, Fernsehen, Gedanken kommen, gehen. Wenn ich kann, lass ich sie in Ruhe, ehe sie sich festsetzen können.

19. November 2021

„Ich habe Ihr Büchlein gelesen. Was Sie für Gedanken haben, Frau Nachbarin. Ich wundere mich."
Ich auch, Frau Nachbarin.

Ich glaube, ich fange jetzt erst an zu arbeiten. „Lass doch die alten Kamellen, gilt nicht mehr." Her mit allem, was unter den Teppich gekehrt wurde. Gesichtet, geschichtet, gerichtet, aussortiert, neue belichtet, was wirklich auf den Privatmüll der Geschichte gehört. Und du wirst Köstlichkeiten entdecken, wie Arno Surminski schreibt.

Ich habe nichts vergessen.
Ihr alles.

Einmal sagtest du, du wärest immer so stolz auf deine jungen Eltern gewesen. Das waren W. und ich für dich, Brüderchen. Wie nett, Halbbrüderchen. Morgen schicke ich *Danke für gestern* nach Salzburg. Dass keine Bestätigung kommen wird, weiß ich jetzt schon.

War ich fähig

Die Momente, die es wert waren,
tief genug zu erleben und zu würdigen,
damit etwas von ihnen bleibt,
oder fehlte auch dazu mir die Kraft.

Heute ist der 19. Oktober 2021,
und meine Sorge besteht darin,
sie (die Sorge) nicht zu groß werden zu lassen,
denn es kommt anders als DU denkst.

31. Dezember 2021

Letzter Tag im alten Jahr
das dunkel, nicht das beste war
in meinem langen Leben.
Aber zugegeben,
erst in der größten Finsternis
erkennst du auch das kleinste Licht.

Schätze im Schrank:
Schinken, Würstchen,
verschiedene Aufschnitte,
Käse, Kekse,
ein Mini-Eimerchen mit:
Zwiebel-Apfel-Griebenschmalz,
was meine Fantasie in Aktion bringt.
Sauerkraut? Grünkohl? Oder eine bunte Pfanne?
Alles möglich.
Rosi war da.
„Ich dachte, vielleicht kann sie bei dem Wetter
    nicht raus."

„Für dich soll's rote Rosen regnen."
Sie gehört zu den Lichtblicken
in meinen letzten 60 Jahren.
Komm, ich koche Kohl!

Suchanzeige

Ich heiße Joel
Bin fünfundzwanzig Jahre alt
Lese Schach
Und spiele Dostojewski
Abitur mit 24
Schlug fehl
Bin gesund
Habe einen Hund
Der keiner Fliege was zu Leide tut
Am liebsten wäre ich Schäfer
Und würde gern meine Lämmer auf die Weide trei-
ben
Förster wäre auch ganz schön, oder sein Gehilfe
Kenne Pflanzen und Gräser bei richtigem Namen
Und um ihren Wert als Medizin.
Auch Pilze kenne ich
Und alles, was sich sonst noch aus der Natur
In der Küche verwenden lässt.
Also Koch kann ich auch. Am besten vegetarisch
Habe ein Rad mit leerem Korb
Fehlt dir Brot oder sonst noch was,
Wird besorgt
Vielleicht gibt es eine Lücke, die ich füllen kann
Und sie wird zur Brücke
Zwischen dir und mir
Über die wir beide gehen könnten
Sag mal, wenn du meinst, dass wir zusammenpas-
sen

Ruf mich an
Auch wenn du eine Idee hast
Die man weiterspinnen kann
Ruf an!
Wir nennen uns Lückenbüßer
Lückenschließer geht auch
Sind keine Spießer
Alternativen sind gefragt
Also unverzagt, ach so
Mein Hund heißt Shirrokko
Und klampfen kann ich auch.

13. Dezember 2021

Ich sitze und sinniere über meine 91 Jahre gelebten Lebens, und mir fällt das Brett ein, das russische Gefangene im Lager bastelten, auf dem kleine Hühner pickten, wenn man unter dem Brett an einem Faden zog, an dem alle Hühner befestigt waren. Ich brauchte auch dieses Band, sonst wäre ich vom Brett gefallen. Woher plötzlich dieses nette Kinderspielzeug kam, und über das Gefangenenlager, an dem wir vorüberkamen, wenn man zu Stadt ging, wurde niemals gesprochen. Nie.

Wann wird aus einer Störung eine Krankheit? Auch ein nächtliches Thema, aber ich lege mich jetzt nochmal hin. Zehn nach fünf. Was denkt mein kranker Nachbar? Zuletzt landete ich bei Omas Hühnern. Was hat sie mit denen gemacht, als es hieß: Rette sich, wer kann? Noch geschlachtet?
Heute werde ich mir zwei Eierchen aus der Freihaltung gönnen. Bei Oma sah die so aus: aus dem Stall erst nach Erfüllung ihrer Aufgabe. Großes Krakelen tat das kund, dann aber die große Freiheit, der Schwall ergoss sich in den Hof und Garten und den großen Platz, wo sie sich mit allen Hühnern der Nachbarn mischten und trotzdem Omas Putt, Putt, Putt am Abend heraushörten und flügelschlagend heimkehrten und ihre Leiter erklommen, wie alle Tage …

Inhalt

Bibliographie

Christel Wulff: *Das Netz*. Heimatland-Verlag, Wien, 1981.

Christel Bethke: *Ewig kann der Lenz nicht lächeln. Erzählungen und Gedichte*. Edition Fischer, Frankfurt, 1999.

Christel Bethke: *Mein langer Weg zu mir. Tagebuch einer Frau*. Selbstverlag 1.–4. Aufl., ohne Jahr (1998/2000)

Christel Bethke: *Weiße Schatten über fremden Spiegeln. Alte und neue Erinnerungen an Ostpreußen*. Selbstverlag, 1. Aufl. 1999, 2. Aufl. 2002, 3. Aufl. 2004.

Christel Bethke: *Weiße Schatten über fremden Spiegeln. Alte und neue Erinnerungen an Ostpreußen*. 4., veränderte und erweiterte Aufl., 2012, Selbstverlag; 5., überarbeitete Aufl., BoD, Hamburg, 2015.

Christel Bethke: *Ich bin die Freude meines Alters. Alte und neue Geschichten*. BoD, Hamburg, 2015.

Christel Bethke: *Karo einfach. Übers Essen und Trinken und über das Leben. Rezepte und Gedanken*. BoD, Hamburg, 2017.

Christel Bethke: *Rückenwind. Gedankensplitter*. BoD, Hamburg, 2017.

Christel Bethke: *Momentaufnahmen. Gedankensplitter II*. BoD, Hamburg, 2018.

Christel Bethke: *... und trotzdem ein Sonntagskind. Mein Lebensweg*. 2. Aufl. BoD, Hamburg, 2020 (bzw. 4., vollst. überarb. u. erw. Ausg. von *Mein langer Weg zu mir, Tagebuch eines Frauenlebens*).

Christel Bethke: Danke für Gestern. *Gedankensplitter III*. BoD, Hamburg, 2021.

Christel Bethke:
... und trotzdem ein Sonntags-kind.
Mein Lebensweg
19,80 €, 524 S.
9783751906876

Christel Bethke, Jahrgang 1930, gibt Auskunft über ihr Leben: schwierige Kindheit, mit vierzehn aus Ostpreußen vertrieben, jung geheiratet, drei Kinder aufgezogen, geschieden, lange Beziehung mit einem verheirateten Mann. Vierzigjährige Berufstätigkeit in einem schlecht bezahlten „Frauenberuf" der Netzindustrie. Das Buch umfasst die Zeit von 1979 bis 2000 mit Rückblicken auf Vergangenes, sodass das Bild eines ganzen Lebens Kontur gewinnt.
Den Lesern begegnet eine genau beobachtende, lebenszugewandte, warmherzige und genussfreudige Frau, die sich mit sich und ihren Träumen ebenso auseinandersetzt wie mit den Menschen ihrer Umgebung und gesellschaftlichen Ereignissen.